Je suis dans un rapport de meurtre avec le cinéma. C'est sur cette défaite
de l'écrit que — pour moi — se bâtit le cinéma. C'est dans ce massacre
que réside son attrait essentiel et déterminant. Car ce massacre c'est justement
le pont qui vous mène à l'endroit même de toute lecture.

绿眼睛

杜拉斯与电影

MARGUERITE DURAS
ET LE CINÉMA
LES YEUX VERTS

[法] 玛格丽特·杜拉斯 / 著

陆一琛 / 译

后浪出版公司

民主与建设出版社
·北京·

目　录
绿 眼 睛

说　明

新版《绿眼睛》与1980年6月《电影手册》出版的杜拉斯特刊的文本内容完全一致，并恪守作者授意的排版。整个过程在帕斯卡尔·博尼策（Pascal Bonitzer）、米谢勒·芒索（Michèle Manceaux）、弗朗索瓦·勒尼奥（François Régnault）和查理·泰松（Charles Tesson）的协助下完成。塞尔日·达内（Serge Daney）负责本期特刊的协调工作。

（*此中文版也尽量仿照了法文原版的排版样式和图文编排。原文斜体和大写处分别用加下划线和加着重号的方式标注。——编注）

我们无法知晓生活中的事物何时会在那里。那是无法掌控的。

有一天，您告诉我，生活如同译制片。

我也有同样的感受。我的生活就是一部译制片，剪辑不良，演绎不佳，调谐不力。总而言之，我的生活是个错误。它是一部侦探片，但没有谋杀，没有警察，没有受害者，甚至没有主题。即便如此，它依然可以成为一部真正的电影。但是，不，它是虚假的。要知道如何才能使生活成为电影实在太难了。我站在舞台上，什么也不说，只是让自己被看到，什么都不去想。就这样。

玛·杜　1986年10月　（《物质生活》节选，P.O.L.出版社）

信

《奥蕾莉娅·斯坦纳》（*Aurélia Steiner*, 1979）源于一封我写给陌生人的信，他与我素昧平生。我们在电话里交谈。我知道他姓什么。13 年前，我见过他一面。但我忘记了他的长相，只认得他的声音。我写了这封信，但没有寄出。这封信的书写使我倏然间重拾了写作。我将超越主旨，忘记言说它（ça）。

信

诺夫勒堡[1]，1979 年 7 月 3 日

我重读了您的来信。我将其珍藏。

我无所事事。每天晚上，我都在伊夫林省的咖啡馆或者别人家里赖着不走。我喝酒。我同意 7 月底拍一部 30 分钟的短片，这是为了写作。我曾承诺要给您寄去《黑夜号轮船》（*Le Navire Night*, 1979）和原版的《薇拉·巴克斯特》（*Vera Baxter*, 1977），但我却没有这么做。我不知道时间如何流逝，我什么都不干。我需要把这些文章都汇总在一起：《塞扎蕾》（*Césarée*, 1978）、《否决之手》（*Les Mains négatives*, 1978）[2]，还有一篇 7 月底需交付的、尚未命名的约稿。我渴望您能读到我的作品，

---

[1] Neauphle-le-Château，杜拉斯住所之一。——译注（* 若无特殊说明，本书注释皆为译注。）

[2] Les Mains négatives 至今为止都被译作《否决之手》，在一定程度上属于误译：négative 是负片、负相之意，本短语直译意为"手印"，也是作品中马格德林洞穴（les grottes magdaléniennes）壁画中的手印岩画。

渴望能给您寄去刚出炉的新文稿，并捎带上我目前生活中最新近的绝望。剩下的，那些被存放在我房间蓝色衣柜里的东西，总有一天会被出版。可能在我死后，又或者在这之前，当我再次囊中羞涩之时。此时此刻，花园里种着 9 万朵玫瑰花，它们使我精疲力尽。我不喜欢夏天。我不知道您会在 R. 做些什么。您对我说经常去那里，我很好奇。我听说您在夏朗德河附近的某个小岛上有房子。7 月 16 日至 20 日期间，我将在宝塔剧院（La Pagode）为您放映《塞扎蕾》和《否决之手》。

　　8 月，我将前往特鲁维尔（Trouville）的临海公寓。某天，我会把公寓的钥匙寄给您，您可以和现在的伴侣一起去那里。但这一切将发生在我远离法国之时。这样，我们就能保证彼此之间不会碰面。您去了就知道，这是个悬置于海平面之上的公寓。暴风雨来临之时，大海的声响会进入房间，进入梦乡。我每次总希望自己能在那里待久一些，至少待到冬天，为了写作。总是它（ça）。始终如一。如果我无法写作，我会给您写信，许多信，并把它们寄给您。20 封信。100 封信。给您写信，于我而言，就是写作本身，因为如此炽烈的爱将你我相连。我受不了了，您呢，您应该能理解：写一个逻辑严密的故事，好好编，以主题为托词，将故事引向各种结局，从第一个到最后一个。这已是明日黄花。我不知道如何向您清晰地表述这些。

给您写信，于我而言，就是写作本身，因为如此炽烈的爱将你我相连。

我只能说，为了试着向您表述这一切，我不得不赋予我的文字和建构文字的时态以鲜明的碎片化特征，尤其需要不断地使文本的组成部分迷失方向。例如，突然，我开始写道：

　　现在是下午 3 点，我在大房间里。夏天，我习惯待在这里。窗户的另一侧是整片的玫瑰丛。一只白色的瘦猫凑到窗前看着我。它在这里已经 3 天了。四目相对，它让我害怕。迷路的它号叫着，想要待在一个地方。或许是这里。不，拉莫娜死后，我再也不想养猫了。拉莫娜是只黑色的母猫，是我的朋友，我的姐妹，我的挚爱。它被汽车轧死了，那辆车和我的车一模一样，我为此哭了好几天。有传言说，那是个周五的晚上，拉莫娜认为和往常一样，我那天晚上不会回来。它被葬在种满橡树和栗子树的树林里，这片树林现在被冠上了它的名字。

那只白色的猫，瘦弱而疯狂，令人不安，引人侧目。凝固在它周围的是花园里的那片玫瑰丛。今年，池塘里头满是青蛙和癞蛤蟆，村里的孩子们试图用石头去砸，把池塘搞得脏兮兮的。为了接近您，为了使我们更靠近整个世界，更靠近彼此共同的绝望，我需要向您讲述这一切。但我忘了告诉您，花园里有许多飞鸟，饥饿使那只猫失去理智，而我却拒绝施予它任何食物。我不愿意，没办法。

我或许会这么做：给您写信。您呢，这些信任由您处置，这也是我所希望的，您可以做任何事。当我写作的时候，我还活着。当我写作的时候，谁会死去呢？我不能再夜夜饮酒了，我应该早些睡觉，为的是给您写信，写很长的信，为的是不让自己死去。

我本该和您讲述那次散步的经历：巴讷维尔（Barneville）的公墓，孩子们，阳光下孩子们的坟墓，散步途中因害怕而逃跑的朱利安（Julien），还有她——另一个孩子。我还想和您聊聊回来时在海边的散步：大海的美，大海的温柔，大海仿佛被这温柔的力量所裹挟。夜幕降临，我不禁自问是否仍将继续写作。那是初夏的时候。

我将给您写的信，在我看来，像是昏暗时间里偶然闪烁的光，

刺破了黑暗覆盖的厚重时光。但还是有一些东西留了下来：温柔大海上的阴影，内心的刺痛，因忘却阳光下孩子们的坟墓所带来的伤痛，还有那个小女孩，那个 1979 年 6 月 29 日在巴讷维尔 - 拉贝特朗（Barneville la Bertran）读墓碑上文字的女孩。她叫塞西尔（Cécile）。陷入沉思的她久久不愿离开公墓。她，独自一人，认真地阅读着死去孩子们的故事。

政治意识的丧失

对于很多人而言，政治意识的丧失始于加入政治党派组织、服从党派规则和制度。对于很多人而言，当他们谈论非政治性时，他们首先指的是意识形态的丧失或缺失。我不知道您怎么想。于我而言，政治意识丧失，首先是自我的丧失；是愤怒的丧失，同时也是温柔的丧失；是憎恨的丧失，同时也是憎与爱的能力的丧失；是冒失行为的丧失，同时也是稳重与节制的丧失；是偏激的丧失，同时也是分寸的丧失；是疯狂的丧失，天真的丧失；是勇气的丧失，同时也是怯懦的丧失；是面对任何事物时恐惧的丧失，同时也是信任的丧失；是哭泣的丧失，同时也是快乐的丧失。这就是我的想法。

非－工作

不，我认为写作也不是工作。很久以来，我一直将其视作工作。现在，我已经不再这么认为了。我认为写作属于"非-工作"。写作，是为了达到"非-工作"。文本，文本的平衡，是我需要寻回的自我空间。这里，我无法再谈论布局或者形式。不，我想谈的是力量关系。我只能说这么多。我需要掌控突然出现的事物，与坠入深渊的牵引力做斗争，我们不得不紧紧抓住，否则便会罔顾自我，直至完全迷失。这有可能摧毁过度的、不可替代的严密结构。不，工作就是放空一切，来迎接意想不到的、显而易见的事物。放弃，然后又重新开始，回到过去，暂时放下和彻底放弃同样会使人陷入难以慰藉的痛苦。扫除自我。有时，是的，进行写作。所有人都会寻找那些抽离自我的瞬间，对自己匿名，将自我隐藏。我们不知道，我们对自己的所为一无所知。

写作首先见证了这种无知状态，见证了我们坐在所谓的办公桌前可能发生的一切，见证了坐在桌前这个具体事实可以衍生出的一切：坐在桌前，桌上有可供写信之用的空白纸页。

白

听着，当我还小的时候，就在这里，在乡下。可能是 6 月或 7 月。当时正值满月。晚餐过后，天色渐晚。D. 在花园里，他把我叫过来，企图向我展示满月晴空之时白色花朵的白。他不知道我是否已经注意到了这种白色。事实上，我从未在意过，从来没有。在大片雏菊和白玫瑰丛生的地方，有一片洁白的雪，这白色如此明亮，使得整个花园里的其他花朵和树木变得黯淡无光。红玫瑰变成了深暗色，消失在阴暗的背景里。只留下那片让人不解却难以忘怀的白色。天愈发蓝，夜色愈发澄明。白色的光线如此强烈，我们甚至能在室外读书。孩提时代，满月之夜，我们在平房的游廊里看书，对面就是暹罗森林。

黑之白与白

彩色电影中没有白色。真正的白色，雪的颜色，泡沫的颜色，月光下白色花朵的颜色。白色只能由黑白电影来还原。但我在《奥蕾莉娅·斯坦纳》中认出了它：温哥华沿岸海水泡沫里的雪。

奥蕾莉娅，奥蕾莉娅

奥蕾莉娅，她属于现在，她在场，如同《毁灭，她说》（*Détruire, dit-elle*，1969）中的阿利萨（Alissa）：她们永远 18 岁。我同奥蕾莉娅一起找回了写作。奥蕾莉娅无处不在。无论何时何地，她总是在写作。在《奥蕾莉娅·斯坦纳》之后，我无法继续写作，我失去了所写的东西。如果我不和这位幸存者交谈，我将失去所写的一切。

奥蕾莉娅永远在场，无论是黑夜还是白天，她使我无法看到她以外的一切。如果她不在，那么我将什么也写不出来。我停止写作。整整一个半月的时间里，我只和奥蕾莉娅待在一起。每天醒来，我看见奥蕾莉娅的大海，看见她的眼睛，看见温哥华。我看见因喊叫着的奥蕾莉娅而咆哮的大海，看见因沉睡着的奥蕾莉娅而风平浪静的大海。

小广告

"寻找一位女士，她上周一晚上 7 点途经位于特龙谢街 × 号的花店时，曾转身朝向站在店门口的男士。"

这是 20 年前报纸上的小广告。

朋友们告诉我，某个周六，行动共和影剧院正在放映《奥蕾莉娅·斯坦纳》时，有对夫妇偶然走了进来，坐在他们后面。看了一会儿之后，男人说：我们在这里做什么，我们碰巧进来了，这不是我们想看的电影，我们走吧。女人说：我无所谓，我觉得这个电影很有趣，我要留下来。男人也一起留了下来。《奥蕾莉娅·斯坦纳（温哥华）》结束的时候，他们还在那里。我可以恳求那位女士来找我。而那位男士，他可能已经离开。那位女士突然看了一场他们可能永远都不会尝试去看的电影。她可能还没有这样的习惯。但她仍怀着满满的好奇心。

——你觉得她会来找你？

他们不会看《电影手册》的。但谁知道呢？

我向她致敬。我拥抱她。报纸上小广告里的人物就是《否决之手》里的人物，但他们从来得不到回应。他们不会呼喊。那个把手放在埃尔卡斯蒂略洞穴花岗岩壁上的男人和布朗克斯区的那个在墙面和地铁上写下自己姓名和地址的男人，他们都不会喊叫，不会呼唤。我在这里正是为了这个，为了体验这种感觉。我赋予自己这项使命。推移的镜头穿过未曾见过的、充满呼唤的世界。我们不会预料到进入镜头的是充斥了垃圾桶、公路网和片片黑暗的世界。这让我想起了哈莱姆区。是的，就是这个，拂晓之时哈莱姆区的一个截面：那里没有孩子们，他们还在睡觉，也几乎看不到女人。

电影观众

我们应该试着谈论一下观众，最初的观众，第一位观众。可称之为幼稚的观众：去影院里面消磨时光，找乐子并且停留在娱乐层面的观众。是他造就了老电影。他是所有观众里受教育程度最高的。事实上，少年时期，人们就告诉他看电影是为了放松，尤其是为了忘却。这位观众，也就是最早的电影观众，走进影院，为的是逃离外面的世界，逃离街道、人群、自我。让自己进入另一个世界：电影的世界。放逐那个被工作、学习、婚姻、人际关系和日常生活所困的自我。从孩提时代开始，他对电影的认识就停留在了这个层面。而今，他依旧如此，留在了电影的童年时代。或许在影院里，他找回了属于自己的孤独，这份孤独源于对自我的疏离。当他走进放映厅，电影就占据了他，控制了他，他任由电影处置。在那里，他找回了孩童时代无节制的睡眠和游戏。在世界上所有国家中，这样的观众无疑是数量最多，最年轻，也最顽固的。在他那里，童年依然如故：他想要留住他的旧玩具，他的老电影，他空无一物的堡垒。他把这些都保存起来。这是最普通、最常见的观众，他们一成不变，且无法改变。他们经历了战争和右派执政，他们穿越了自己构成的历史，却对此一无所知。同样地，他们见证了电影。但他们始终保持沉默，没有立场，对看过的电影从不妄加评论。他们只做出选择：去看或者不去看。

这位观众，也就是最早的电影观众，走进影院，为的是逃离外面的世界……

这类观众涵盖了差不多所有干体力活儿的劳动人民，但也有很多科学家、技师和负责高强度工作的人。科学工作者占大多数：技术人员、数学家，所有的管理人员，还有不动产商。从泥瓦工、工程师、管道工、包工头到推销员。

政府将其称为"工作的年轻人"，而其他人则把他们叫作"劳动人口"。在电影院里，受过教育的人和没受过教育的人平起平坐。学医的、学物理的、研究电影的、理工科的，以及所有那些受正统教育和专业教育的人，和那些只学过技术或者什么都没学过的人坐在一起。这些人中还有绝大部分的影评人，他们肯定这些观众的选择，批评个性化的电影，捍卫受大众青睐的动作电影。他们对作者电影是如此的厌恶，以至于从他们的态度中，我们能很明显地感受到他们抑制的怒火，这里头有比他们的藉词更深层次的原因。对于所有这些人来说，去电影院是为了在那里寻找使他们开怀一笑或胆战心惊的东西。他们在那里消磨时间。电影是一成不变的童年游戏，有激烈的战争、杀戮和打斗。电影颂扬各种形式的男子气概，父亲们的或者母亲们的，

如果这些观众在电影没结束前就离场，那肯定是因为他们所看的电影需要他们努力调整自我……

方方面面。电影里也少不了嘲笑女性的陈词滥调，嘲笑她们闺房里的残忍和放肆。仅有的悲剧不是关于爱情，就是关于权力争斗。这些观众欣赏的电影都是平行的，朝一个方向发展的。他们对于故事的发展和结局有着同样的期待。如果这些观众在电影没结束前就离场，那肯定是因为他们所看的电影需要他们努力调整自我，像成年人那样接受电影的要求。然而，他们只愿意重复观看一样的电影，而不是真正意义上的看电影。这些观众与我们、与我相去甚远。我永远迎合不了这些观众，也不愿去迎合他们。我知道他们是谁。我知道他们无法改变，无法触及。但我们也是高不可攀的。我们与他们面对面，彻底分离。他们永远无法占据全部人口。我们，即文本、书和电影的作者们，永远在那里，尽管偏居边缘。我们不知道如何称呼他们这样的观众，如何给他们命名，但我们并不召唤他们。

无所谓。无论我们给他们取什么名字，这都不重要。重要的是在城市里，在城市的所有人口中，我们分属两类：他们从不走向我，我也不会朝他们迎去。我们的权利相当，我的权利与他们的权利一致。我们旗鼓相当。是的，我们在城市里拥有同等的生存权利。虽然我们在人数上不占优势，但我们的存在和他们一样，是一种必然，无法忽略。随着时间的流逝，几十年又几十年以后，他们是否最终会意识到自己不是唯一的观众？我不这么想。他们在童年时代深受主流意识形态的影响，无论是官方的还是准官方的。现如今，他们又怎能轻易逃脱自我的牢笼和陷阱？是他们使城市继续运转。而我们，我们无法使任何事物运转，我们只是在那里，和他们一起，在这座城市里。

他们用这个词来指涉自己："我们"。"我们这些年轻人""我们这些工人"。而我，我只说"我"："我做电影，无论困难与否。"我所说的都是我目击的、他们和我之间发生的事情。我此时所谈论的有关电影观众的一切，都基于我对彼此之间对立关系的思考。我不愿对他们做出自以为具有普适性的评价。我无法从理论或批评角度谈论最初的电影观众。他们占据的空间看起来是如此远离现实，如此空旷，了无生气。抽离了个体概念的他们溃不成军。是的。这样的空间酷似某种不义之地。如果坚持要以大众的名义谈论这类电影观众，那么我们言论的出发点只能是同样的不义之地。

我拥有 1.5 万到 4 万名"观众"。这个数字来自我的小说《劳儿之劫》（*Le Ravissement de Lol V. Stein*，1964）在伽利玛出版社"白色系列丛书"的销售记录。数量很大。口袋版的《劳儿之劫》更是达到了 6 万本的销售量，但读者的数目应该与之前一样，即 3 万到 4 万。很多人买了书却不读，或没有努力进入小说，就像他们没有努力进入电影一样。在我看来，这样的销售数字很难得。无论对于一本书或者一部电影而言，这些数字都很可观。我们必须承认这一点。专业电影人们以千为数量级来计算他们的观众。我发现年轻的电影人常常因观影人次无法超过 3 万而苦恼。但我们又担心他们以票房为导向，拍出观影人次超过 30 万的电影。一旦达到了这样的票房，这些数字会让人晕头转向，也会毁掉这群年轻的电影人。他们，即高票房的电影人和我之前提到的电影观众，一起沉浸于票房胜利之中，无法自拔。我们截然不同。赢得这些观众意味着什么？什么都不是。赢得观众的同时，我们所做的一切，于我们而言，将变得毫无意义。我们应该如何与他们交谈。我们不懂他们的语言，他们也不了解我们的语言。他们与我们之间的差异酷似历史的沙漠。在他们和我们之间，横亘着历史，尤其是政治史的瘟疫及其难以消逝的余波。对，就是这个。他们和我们之间的那片沙漠，那个百年来不断尝试相互沟通、相互理解，但依旧无法跨越的地方。这里，一切皆空，只有互逐的风。

我们永远无法强迫一个孩子去看书。

因为看漫画而被惩罚的孩子可能会停止看漫画，但他绝不会听从指令阅读其他书籍。除非我们给他灌输这些东西。这是最糟糕的结果。希特勒时代的德国和苏联时期的俄罗斯都只有说教片。这些电影的效果是最糟糕的。我们只需要看下部队和党派内部人员无条件的顺从所造成的后果：智力的平均化、行尸走肉般地活着。这也造就了年轻的纳粹分子和苏维埃信徒，造就了布拉格和喀布尔的年轻士卒们。我们永远无法让一个人看见他自己没见过的东西，永远无法让一个人发现他自己从未发现过的事物。除非毁掉他的视力，无论他用这双眼睛做过什么。

这样的观众，我认为应该让他们自由自便。如果他们想要改变，他们就会改变。和所有人一样，突然地或者慢慢地改变。路上偶然听到的一句话、经历过的一场爱情或者读过的一本书，抑或是一场邂逅，都会使他们改变。但他们需要独自改变，独自与改变抗衡。

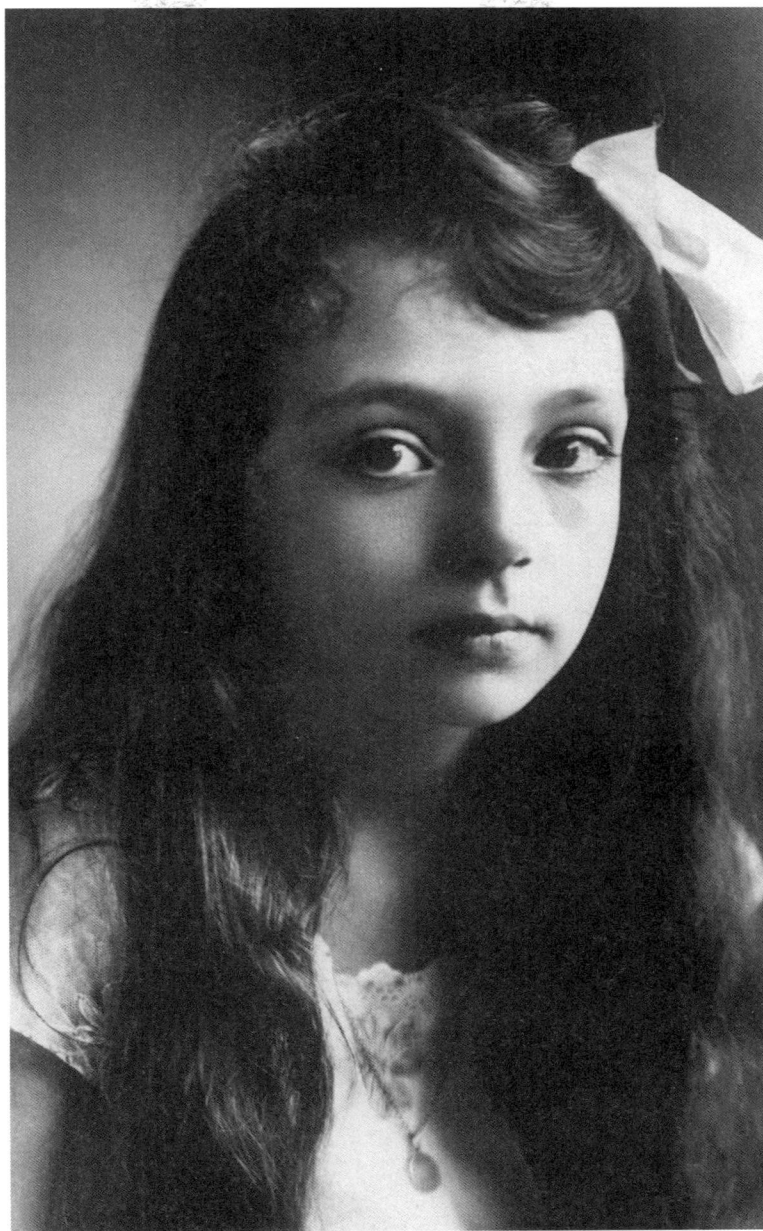

Paris, 13 octobre 1977.

Madame,

Si vous désiriez savoir ce qu'est devenue la jeune femme (Anne-Marie Stretter) qui vous plaisait à Saigon, venez assister à la causerie qu'elle fera, à 89 ans, dans sa maison de retraite, le 26 octobre à 17h30 (3 bis rue du Bel. Air, 92 MEUDON-BELLEVUE).

C'est ma grand'mère ; après vous avoir entendue à la télévision et vu India Song, nous lui avons parlé de vous. C'est elle qui m'a suggéré de vous inviter. À bientôt, j'espère.

Odile Le Roy

Le Châtelet
36 bis rue du Bal Air
92190 Meudon - Bellevue
15 avril 22

Madame,

Vous avez raison de rester
silencieuse —

A travers la jeune femme que j'étais,
votre imagination a créé une image
fictive et je garde son charme
grâce justement à cet anonymat
mystérieux et qu'il faut préserver —
J'ai si peu de temps maintenant —
moi-même, que je n'ai voulu ni lire
votre livre, ni voir votre film —
Discrétions de souvenirs, d'impressions
qui gardent leur valeur à rester
dans l'ombre, dans la conscience
du réel devenu irréel — —

Vraiment après, je vous prie l'ex-
pression de mes sentiments les meilleurs

E. Striedter

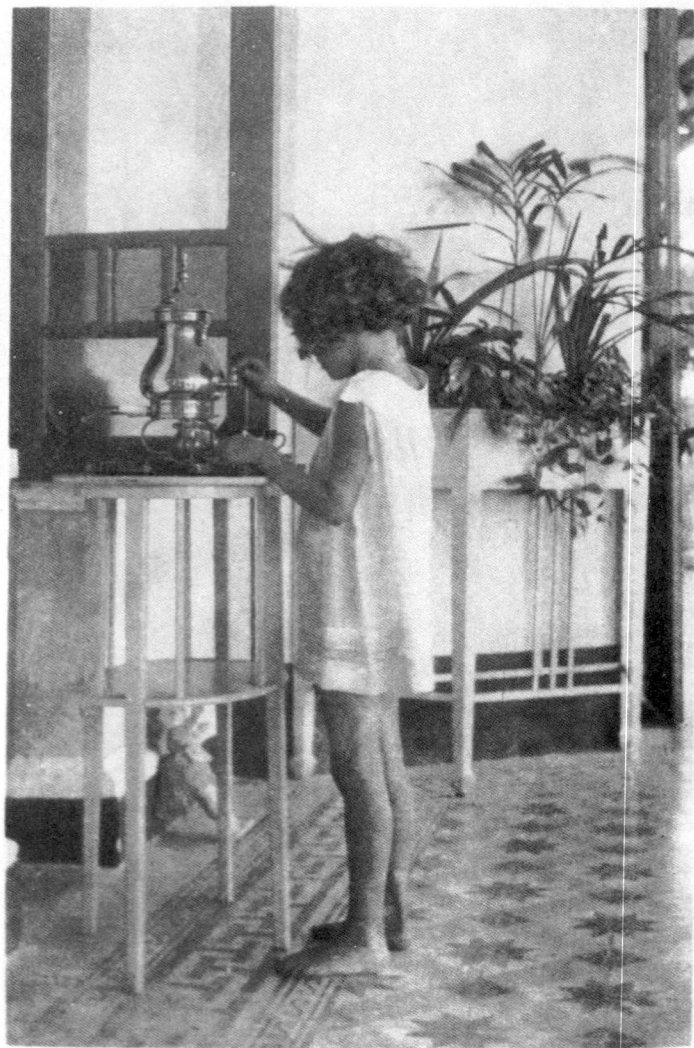

我想对您说

　　我想对您说，如果我还年轻，如果我只有 18 岁，如果我还不懂人与人之间的分离，以及这种分离的确定性和不可变性，我可能依然会像现在一样，写同样的书，拍同样的电影。也就是说，我停留在了 18 岁，和那些读者们以及最初的电影观众一样。如果我在昨天死去，那么我的年龄将定格在 18 岁。如果我在 10 年后去世，那时的我依旧 18 岁。

　　我还想对您说，我们原以为，在经历过人世间可怕的、必然的分离之后会活不下去。但，这不是真的。我们活了下来。我们可以活下去。按照自己的想法活下去。

　　以前，当我还年轻的时候，我认为，至少我这么说过，面对人世间可怖的分离，唯一的安生之地就是回忆和忘却的联合。不要想起，也不要忘却。现在，我想我认识的男人们都对我说过这些话，它们没有任何意义。它们属于无数蠢话中最常见的。正如面对权力时的卑躬屈膝，以及面对无产阶级责任感的致命缺失时的怯懦，它们都属于黑暗地带。面对操控他们的至上权力，无论这些权力来自哪里，具有什么属性，面对无产阶级救世和复兴使命中已然腐朽的希望，人们发明这些蠢话来掩盖亦步亦趋的无尽诱惑力。我谈论的东西不能依靠学习或教育来获取，因为它与任何可编码、可教授的事物不同。我指的就是冷漠。冷漠是上帝缺席的上天赋予我们的、前所未闻的恩泽。

我记得

　　我记得，1945 年 8 月 6 日，我和丈夫在安纳西湖边的集中营里。我在报纸上读到了广岛原子弹爆炸的新闻标题。我匆匆逃离住所，倚靠在街边的墙头，仿佛站着的时候一下子晕厥了。慢慢地，我的意识逐渐恢复。我又活了过来，并认出了前方的道路。1945 年，集中营万人坑在德国被发现的时候，我同样地呆站在火车站和旅馆前，手里拿着我丈夫和朋友们的照片，绝望地等待着幸存者的归来。那时的状态与获悉广岛原子弹爆炸时的状态无异。我没有哭泣，看上去和往常一样，但我已无法说话。这些记忆准确而清晰，当时的我已经很明显地变成了另一个人。然后，这也是我想说的，在接下来的日子里，我从未写过战争，也从未写过那些瞬间，除了寥寥几页关于集中营的内容。同样地，如果没人邀请我创作关于广岛的剧本，我也不会写任何与广岛相关的东西。即便当我写《广岛之恋》（ Hiroshima mon amour, 1959 ）时，您看，我只是将广岛原子弹事件造成的巨大伤亡与我虚构的爱情之死对立起来。我本可以在被战火笼罩的国度里创作《劳儿之劫》。我也可以在任何地方创作《副领事》（ le Vice-Consul, 1966 ），如古巴、喀布尔。是的，我可以在喀布尔写《副领事》。是的，就是这样。但不，不是在俄罗斯，在那里我无法写作。

您，他者，
我们分离时的那个人

　　在我谈论和书写这些东西的同时，我知道它们对您，或者说他者，我们分离时的那个人而言，都无关紧要。即便某天您正巧在读一些诸如《队报》和《巴黎人报》以外的东西。但您应该知道，您对我来说也已不再重要。我们无法依赖死去的人而活。同样地，您的沉默对我而言也已失去了命令的含义。我已将您抛弃。很久以来，我始终无视您造成的绝望。这般绝望已化成不堪卒读的尘埃，枯燥无味。因为您的失责和失信而不安的人们，在我看来，他们患上了某种季节病，但这总会过去。是的。您的存在正如欲望的终结。欲望逝去前的最后期限，世界上的任何力量，无论多么强大，都无法使相视一瞬间所产生的欲望复活。但您看，我依然给您打电话，给您写信。18 岁的我一定也会这么做。即使，天晓得，您因历史阶级原因突然消失或者死去，我依然会给您打电话，给您写信。你我相隔的距离正是生与死的距离。对于您和我而言，这是同样的距离，也是唯一的距离。正如您希望维持与我之间的纯粹距离一样，我以同样的方式用叫喊和呼唤将这段距离覆盖。和您一样，我认为这段距离是无法跨越的。但我们的区别在于，对于我而言，这种不可能性带来的不便是无关紧要的。您看，我们的境遇是相同的，我们都固守在属于自己的地方，那片被焚毁但万般自恋的领土。我呢，我会喊叫，朝着沙漠，尤其是朝看得见沙漠的方向呼唤。

做电影

我不知道我是否找到了电影。但我做电影。对于专业人士来说，我做的电影不存在。洛西（Losey）在书里对我的文学作品大加赞赏，但却把我的电影批评得一无是处。他说他讨厌《毁灭，她说》。但对于我来说，他拍摄的所有电影都远远不及《毁灭，她说》。

这说明我的电影也无法跨入专业领域的边界。同样地，他们的电影也无法进入我的世界。一开始，我还看他们的片子，接着，我做自己的电影。从那时起，他们变得越来越不重要。我认为，电影专业人士就是电影的复制者，如同那些绘画作品的复制者。与他们相对的是电影的作者和创作那些画的画家。专业人士的世界里充斥着被围追堵截的人，他们害怕没有电影可拍，也害怕没有百万甚至上亿资金的支持。对于他们而言，我们是抢"他们"钱的坏人。最近有个男人（具体是谁？我也不清楚）在电视上愤愤地说："给杜拉斯钱拍《卡车》（*Le Camion*，1977）的结果，就是让观众们恶心了足足 6 个月。"多美的颂词。真的，这让我很愉快。但这个男人搞错了，没人投资《卡车》。在文学领域，我们不能说：写这本书我只需要 2.2 亿。如果这本书因为条件差而没能写成，那么这本书就不应该写。只要真心想写一本书，即便在最糟糕、最缺钱的情况下，书也能写成。那些无法写作的借口，比如没时间或事务过于繁忙等等，基本都是假的。但同样的必要性在电影人那里是不存在的。他们寻找主题。这也是最具决定性的区别之一。他们看中的是故事。有人向他们推荐，要么是小说，要么是专业编剧写的剧本。经常是这样。他们对这些提议进行评估，并将其细化：三宗罪行、一场癌症、一个爱情故事，加上这位或那位演员。预计票房：70 万人次。所有一切如电脑计算过一般精确。他们拍完电影。实际观影人数：60 万。失败。

那些获得过巨大成功（25 个放映厅、150 万观影人次）的票房导演却异常怀念我们的电影。那是他们从未接触过的电影，是无须依靠利润和量化指标来标榜自己的电影：一家影院放映，1 万观影人次。他们想要替代我们的同时，也想用他们拍摄的电影替代我们的电影，夺走属于我们的 1 万名观众，好像他们认为能做到的那样。但在任何情况下，我们都不想取代他们，我们也办不到。正如我们与最初的电影观众对立而生，我们也与他们共生，并拥有平等的公民权。正因为我们是商业失败的象征，大学生们更倾向于在博士论文中研究我们的案例，而不是那些票房导演。同理，正如《电影手册》一样，出版物有时也会更多地把我们考虑进去。虽然各种日报努力想要忽视我们，但我们继续做电影。票房电影却无法忍受同样的境遇。而我们，我们很快就把这些抛在了脑后。是的，当下人们对失败有着某种令人匪夷所思的怀念：失败就等于选择的自由。这种怀念也代表着票房电影人的某种进步，即使他们这种进步意味着以我们为攻击目标所宣泄出的怒火和辱骂。钱已不再是拍电影的终极目标，至少不完全是。票房也不是。某种电影利润无效论逐渐开始在圈子里显露出来，即使它依旧十分遥远。这种无效论孤立了电影制片商，并在电影生成之日起将他们抛弃。此外，另一种观念也开始崭露头角，这种观念与人，尤其是与他面对自我时产生的责任感息息相关。有些年轻的票房电影人甚至已经不再指责我们，说我们坏话了。他们尝试着将自己的电影向作者电影靠拢，称自己为作者，但同时他们又是大众的、成功的。例如塔韦尼耶（Bertrand Tavernier）。

当下人们对失败有着某种令人匪夷所思的怀念：失败就等于选择的自由。

雷蒙·格诺（Raymond Queneau）曾说过，在法国只有一部分读者，2000 到 3000 人左右，才能决定一本书的命运。这些读者（所有读者中最苛刻的）能否记住某些书名，将决定这些书能否载入法国文学史册。如果没有这群读者，我们将失去听众。即便是再大量的普通读者也无法取代他们的位置。对于电影而言，我们可以说，是那 1 万名观众造就了电影。这些观众不惧任何风险与阻碍，将有些影片归入电影之列，并将另一些彻底排除。大部分的票房导演从未拥有过这群数量在 2000 到 1 万之间的观众。他们可以拥有 200 万的观影人次，但在这 200 万电影观众里，唯独没有这 2000 到 1 万名具有决定权的观众。

戈达尔

去年，戈达尔（Jean-Luc Godard）邀请我为他的影片拍摄一个简短的片段。那部影片当时被命名为：《各自逃（生）》[Sauve qui peut（la vie），1980]。我不想拍，我只愿意和他交谈。他让我来洛桑。那是 1979 年 10 月，我来了。他对我说谈话的时间和地点都预先定好了。他把我带到一所学校。当时正值课间休息或开学，我记不清了。我们在孩子们爬上爬下的木质楼梯下面完成了谈话。我完全听不懂他说的话，他也不明白我所说的，不仅仅因为小学里可怕的噪音。但这都不重要，这就是我们的谈话。结束的时候他对我说："我居然把你从巴黎叫到了这里，在这样的地方进行谈话。"在这之后，我觉得我们对彼此有了更进一步的了解，友谊也加深了。好像直到现在，我们在电影领域遇到的问题总是相反的，尤其在文本与图像关系的问题上。但谁知道呢，或许不是。这也取决于他怎么说，如果他曾经提到这些的话。在小学谈话之后，我们又在行进的车里进行了录音。那辆车穿越了整个城市。我听了录音带。我发现有时，在停红灯的时候，我们差不多能相互理解。我认为洛桑大楼之间耸入云端的天桥非常有趣。我对戈达尔说，那些天桥很美。他说很多人曾经从上面跳下来。我说，这些天桥看上去是为自杀而造的。他说，是的。

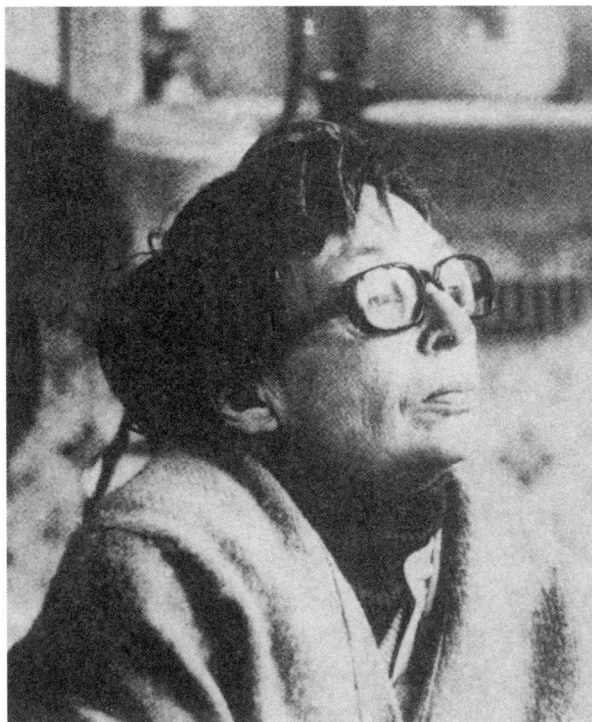

伍迪·艾伦、卓别林

《电影手册》的工作人员，你们对电影领域如此了解，为了达到你们的高度，我昨天晚上看了《安妮·霍尔》（*Annie Hall*, 1977）。此刻，我很陶醉。是的，就是这个词。我认为电影很令人陶醉。但这样的感觉很快就消失了。第二天早晨，什么都没有留下。几天前，伍迪·艾伦（Woody Allen）对我来说还很陌生。我认为这部电影是合奏的艺术，电影的幽默显然经过了导演的精心设定，具有明显的地方特征，但在广度上远远比不上卓别林的幽默。伍迪·艾伦只是待在原地。他周围的一切都是静止的：所有事物都保留着各自的不同，他没能带走任何事物，也没有做出任何改变。他所在的纽约也一样。他穿过纽约，纽约没有一丝变化。但在《城市之光》（*City Lights*, 1931）中，卓别林占据了整个空间，处处都有卓别林的回响。无论身处何方，纽约或是别处，卓别林经过之后，城市里到处都有回响。所有的一切都属于卓别林。整个城市，所有城市，所有街道。卓别林所到之处的一切都属于这个沉默的男人。卓别林始终在独一无二的一场戏、一幕剧中。正如我们所说：独一无二的表演、独一无二的安静、独一无二的爱。表演在独一无二且宽广无垠的地方进行。这是整个儿属于卓别林的地方。当卓别林全身心投入表演时，他毫无保留，但又不被自己一贯的特点所缚。他同时扮演了所有角色。和卓别林相比，伍迪·艾伦显得很吝啬，长于精打细算。他出现在各类节目中，出现在或多或少比较成功的舞台上，也出现在一系列插科打诨的戏码中。这类戏码表演痕迹很重，且计算极为精妙，属于表面看上去现场感很强的即兴表演，但实际全在

无论身处何方，纽约或是别处，卓别林经过之后，城市里到处都有回响。所有的一切都属于卓别林。整个城市，所有城市，所有街道。

设定之中。正如人们常谈论的"巴黎范儿"（parisianisme）一样，这是属于我们年代的"纽约范儿"（new-yorkisme）。在《安妮·霍尔》里，我没有找到纽约，我只找到了一种在纽约见识过的生活方式，可怖但又不像纽约巴比伦那般一成不变。然后，《安妮·霍尔》中的爱情仅是开玩笑的借口。这点我很难接受。这也是伍迪·艾伦的不幸。他不断借用上流社会特有的嘲讽、说三道四、诽谤和使坏的方式。

对于伍迪·艾伦的这番评价，我迟疑过。但这无关紧要。无论如何，他已经被评论界所神化，任何事情都无法改变这一点。有意思的是，从他的表演和采访中，我看出他应该是个很可怕的人，他肯定没有爱过生活里的任何事物。说到底，我们能从演员们身上看到一切，他们所属地内部的一切。多么具有穿透力的景象。

卓别林的漂泊是无国界的。而伍迪·艾伦的漫步仅限于北美，纽约曼哈顿。和卓别林一起的是犹太人的欧洲大陆。这就意味着，无论身处何方，卓别林都是异乡人。而伍迪·艾伦则完全属于纽约。在他身上，我没有认出犹太人拍电影时特有的、不受地域限制——如一望无际的喀山——的迷途之感。

伍迪·艾伦的作品是由一些碎片和碎块缝合而成的。我能看出缝合的痕迹，而在卓别林的电影里，我看不到任何这些……

伍迪·艾伦的作品是由一些碎片和碎块缝合而成的。我能看出缝合的痕迹，而在卓别林的电影里，我看不到任何这些，我只看到一条直线和溢满世界的自信目光。

伍迪·艾伦最主要的缺点在于破坏了所有方式，所有笑与哭的方式，并将其混为一谈。与此相对的是卓别林的悲伤。是的，那是因某种无法摆脱的依赖而被围捕的动物所特有的悲伤。这个动物的命运打消并超越了一切我们能给出的解释，一切政治诉求。

1980 年 1 月 5 日时事

　　《电影手册》的那些人给予我随心所欲畅谈的自由，这很好。今天，1980 年 1 月 5 日，我在电视上看到朱坎和马歇[1]正谈论着被入侵的阿富汗。从他们眼里，我们可以看到、预感到他们对苏联扩张的企盼。除非他们眼里流露出的是害怕，但是我不这么认为，至多是他们因担心无法胜任新职位而产生的害怕情绪。直到今天，他们始终局促不安，心有顾虑，表里不一。但现在，我们终于能看清这底下隐藏的一切。他们曾经微笑着谈论人民可以自我支配的自由。看吧，现在他们的态度完全转变了，就像没有主见的木头人一样。这很好。只有通过入侵阿富汗事件，他们作为奸细的无耻身份才昭然若揭。

---

[1] 皮埃尔·朱坎（Pierre Juquin），法国共产主义政治家和工会主义者，原法共中央委员，"改革派"领导人。乔治·马歇（Georges Marchais），法国政治家，1972 年至 1994 年担任法国共产党总书记。——编注

什么都没有了。
一切都还在。
什么都没有了。

　　已然没有可以碰面的街头，到处是人群，但没有人，再也没有村庄，有的只是一个个居民聚集地，再也没有街道，有的只是高速公路，城市在地面上消失了，它们被建在高处，并用墙禁锢了街道，再也没有可以通向大海，通向城市，通向森林的出口，我们无处可逃，所有的门都因害怕而被紧紧关上，害怕政治，害怕原子弹，害怕被抢劫，害怕暴力，害怕刀，害怕死，对死亡的恐惧掌控了生命，害怕食物，害怕公路，害怕假期，害怕国家元首，害怕坏人，对警察的恐惧如同对元首的恐惧，对元首的恐惧如同对坏人的恐惧，我们不再知道要去往哪里，也不知道身处何方，一辆汽车代替了六七个人，我们的汽车保有量在 3 亿左右，这个数字正按照印度人口增长的速度不断攀升，随之而来的是前所未有的荒诞，它就发生在我们眼皮底下，它就在那里，外面，前后和四周，我们甚至可以说，它不是人生产的，而是源自某种神力，因为它是如此明显，但又深不可测，边界已经不再变动，人口也不再动迁，只有劳动力还在流动，还有日本人，但已经没有战争，也几乎没有什么事情发生，时事新闻日渐稀少，自我与世界之间的同步感却越来越强烈，有时，人们确实在改变，但这很罕见，此外，他们不知道改变什么，不知道和什么东西，或许是洗衣机，处于同一时代，即便是在他们自己的国家里，他们还有足球，摇滚乐，电影和无尽的等待，他们去电影院，将自己的恐惧投射并封锁在电影里，他们中的绝大部分已经失去了生活的另一个侧面，即个人的独自冒险，一切都颠倒了，看吧，在药堆里读着漫画的老人们，偷包的扒手，金融宗教，新哲学，我们再也看不见爱情，我们看见的只是变得越来越自由，越来越开放的社会风俗，这种趋势虽然令人厌恶，但可能是必要的，天晓得，再也看不到我们小时候见过的婚外情了，那些戏码，那些悲剧，生活中突然席卷而来的狂风，稍作停留之后便离开了，它们铲平了一切，驱散了一切，现在，你看看，什么都没有留下，到处都是善意，这很好，到处都是相互之间的理解，瞧瞧，石油，没有石油了，石油的价格和香槟一样高，香槟和汽车一样贵，房子，那就更别提了，贵得简直离谱，而你，你又能做什么呢？所有一切都不同了，然而一切都还在，你只需瞥一眼，但你懂的，不断想要拥有一切，才有了现在的所有，最终，一切都会消失，正如我对你说的，虽然现在一切都在，但以前要比现在好得多，之前的一切都朝向另一个方向，也更有逻辑，以前我们或许什么都没有，但我们拥有一切，因为我们珍惜仅有的事物。(＊原文此节的标点具有新小说特征，采用"一逗到底"的方式，中文版照此处理。)

煤气和电

我认为现在这代人对权力的观念、权力的服从已经习以为常，他们认为向来都是这样，此类状况与人类历史形影相随。现在是这样，以后也一直会是这样。权力就和警察一样，警察也象征着权力，此外还有夫妻、税制、流感、强制休假、邮局、煤气和电。对于他们中的很多人而言，可怕的事物应该占有一席之地，而当下占据这个位置的可能是苏维埃俄国，还有法国共产党。您知道的，我也比较同意这个说法。

好消息

关于转让《琴声如诉》（Moderato Cantabile, 1958）专有版权的问题，我已决定不再与已购买电影版权的艺术电影推进公司（Promotion Artistique de Films）续签。我写过信，也打过电话。从现在开始，经由我允许，或者在我去世后获得我儿子允许的人即可获得版权。一言既出，金玉不移。如果我还年轻，我会重写《琴声如诉》这本书，不带剧本。和热拉尔·雅洛（Gérard Jarlot）合作的剧本很糟糕，很假。彼得·布鲁克（Peter Brook）的拍摄也一样。雅洛的写作痕迹很重，一切都流于表面。彼得·布鲁克的拍摄也一样。

夜间电影

在看完电影的几小时后，有些电影会留下，有些电影会消失。正因如此，我才能知晓自己是否看过某部电影：第二天早晨，前夜观看的电影在我这里会变成什么样子，一夜之后它的状态便是我所看的电影。有时，一些电影在两个月后才显露。但大部分电影早已消失得无影无踪，有些电影却在记忆中纹丝不动。正如，对我来说，第一版的《美国风情画》（*American Graffiti*, 1973）。从我看到影片的那一刻起，直至今日，它始终令我愉快：电影如同音乐。

电视机

　　电视病依旧存在，每天到处都有新增的病例。电视机很脏。它变成了家居用品，和老平底锅、洗碗池一样，但又旧又脏。很久之前，我们就能听到电视的声音，收看电视节目。电视机进入家家户户，它向我们展示。我们打开电视，看吧，那些人都在，然后我们关掉电视。当我们再次打开这可怜的机器，里面出现了另一些人。他们的头和真人一样大，正伸着脖子朝你看，那时，我们就在电视前面坐下了，为的是挡住他们的视线，然后我们关掉电视。电视里的人朝我们微笑着，看上去与观众默契十足。他们对你说的话既发自内心，又独一无二。同样的令人难以置信的确信态度，同样的姿势，同样的特写。然后他们走了，另一些人来了，他们和你谈论法国，谈论生活质量，谈论奥运会。我们呢，我们看到电视里有人缺了颗牙，有人有喉炎或者风湿，有人穿着皮尔卡丹西服，有人的指甲很干净，有人甚至在佩里戈尔拥有城堡。所有人都在撒谎。我们看得出来，他们撒谎如同呼吸一样。我们看得出来。虽然已经没有最初时那么明显，但我们依旧看得出来。他们上电视就是为了撒谎。当他们比往常更想要撒谎时，他们让节目制作组邀请他们上电视。我们都知道，看见他们所有人上电视就如同看见谎言一样。这里面有在位的人，另一些是他们的评论员，他们的道路清障工。他们的措辞都大同小异，我们有时会把他们搞混。一丘之貉。我们有自己的喜好，往往更青睐夜间节目和凌晨 4 点节目的主持人，因为他们看上去如此疲惫。他们对他们谈论的事物有着某种奇怪的影响。他们口中再没有书籍，没有电影，没有任何人，没有社会新闻。有的只是（对这些事物的）描述。这很神奇。这不仅与他们自身有关，还可能与电视有关，很难相信他们言及之物会因他们而变得毫无意义。但只要他们出现，他们的影像和我们之间便会竖起一道屏幕。好像颜色发生改变：电视如同患病了一般渐渐变成灰色。

有时，电视里夏威夷大鲸鱼的画面替代了他们的画面，这是多么令人愉快的事情。有时候是海豹宝宝们的画面。它们很奇怪，身上被涂上了各种颜色。加拿大的孩子们想出了这个绝妙的办法：为了使海豹们摆脱骇人的屠杀，他们给海豹涂上了无法擦除的颜色，海豹的皮毛因而变得一钱不值。

坐在走廊里的男人

那篇文章的初稿在我写《广岛之恋》那年已经完成。"你杀了我，你让我舒畅"这句话第一次出现在文中。是我写给一个人的。10 年后，我以 60 万旧法郎的价格把它卖给了一个英国出版商。那篇文章现在应该已经被译成英文在伦敦或纽约出版了，但并不带我的署名。我不清楚，我从没问。好几次，我曾尝试着重写那篇文章，但都没成功。事实上，在原稿里，房子周围的大自然仅仅是叙事的陪衬，那是一片具有地中海特色的风景，它勾勒出了事件的轮廓，但并没有促进故事发展。房屋和人依旧处于让我难以忍受的孤立状态。很长时间以来，我不知如何使这些地方看上去更宽广，尤其不知道怎样在别的情景里继续使用它们。这些日子，在写完《奥蕾莉娅·斯坦纳》之后，我很自然地找

……房子周围的大自然仅仅是叙事的陪衬……

到了解决办法。首先，我意识到了那片风景无边无际的广袤。然后，是爱。爱情在原稿里是缺失的。接着，我发现情侣们并没有被孤立，而是被看见了，或许是被我看见的。文章中应该提到这个场景，并将其纳入事件中。还有，这个版本里应该有高潮。而在原稿里，高潮并没有发生。最后，除了10来个字以外，《坐在走廊里的男人》（*L'Homme assis dans le couloir*，1980）被全部重写了。我本希望将其发表在这期的《电影手册》上，但我的朋友们建议我不要这么做，于是我把它寄给了热罗姆·兰东（Jérôme Lindon）。

恐惧构成的人

当闹剧结束时，我们会发现那些由恐惧构成的人，头脑空空的人，喀布尔和布拉格的那些人。他们俘获了他——那个被恐惧掌控的人。这比在原始森林或在涨潮时的海上还要令他害怕。他是世界上最有效率的士兵。他完全听命于那个令他害怕的人。

我们想知道为什么。为什么想要占有人的一切，为什么想要全世界？我们无从回答。我们不知道他们想走到哪一步，也不知道统治整个欧洲能给他们带来什么。我们感觉到在我们面前的是一个服用过镇静剂的病人。他们的镇静剂、安定、氯丙嗪就是美国大陆，美国大陆引发的恐惧。这种恐惧与他们想要散播的恐怖不一样。这种恐惧是对无法完全统治已成废墟的世界，无法使其成为放大版的波兰的忧虑。他们担心自己不足以使他人感到恐惧。但在这里，面对沿海大陆，他们无力使自己散播的恐惧处于主导地位。他们不怕被别人杀害，恰恰相反，他们害怕的是无法杀害别人。他们站在美国人面前，正如1941年希特勒统治的德国面对他们的国家一样。但在这里，他们过不去。倒不是因为战败，而是因为地缘限制。他们面对的是地形给他们带来的痛苦。这也可能是他们唯一的痛苦，那就是无法全部毁灭。

但，他们或许已经预感到了：恐怖制造史正在动摇，濒于崩溃。除了地理层面的阻碍，还有面对无法避免的新事物时的无力。这便是在关注它的人们眼里，苏维埃俄国形成的新特点。无论他们的首领，他们的王朝有多短视，他们也应该意识到他们前面已经没有什么人了，一切都比之前要困难。我认为，他们去喀布尔是为了重新制造他们之前散布过的恐惧，并将其聚集。但即便如此，之前的恐惧还是没能像他们习惯见到的那样蔓延开去。阿富汗的农民们竟朝着苏联坦克开枪，这些农民身后是倡导自由的国际盟友。在我看来，他们已经预见最糟糕的情况：他们唯一留住的殖民地只有（苏联体制下的）劳动收容所。但这并不意味着一切将很快终结，整个过程可能持续上百年。但这意味着在苏维埃俄国，任何事物都无法开始，已经存在的事物正走向终结。

另一个新发现：人们不是从政府领导人那里认识苏维埃俄国的，因为领导人们或多或少都很怀念苏联体制对人的驯服，尽管他们不愿承认这一点。不，恰恰与这些伪君子相反，人们从反面认识到了问题的源头。从古至今，始终如此：历史起源于思想，在付诸实践之前，在机器启动之前，最初阶段的思想清晰而透明。当未来之人的光彩与思想的夺目合二为一之时，人们会知道，一切都源自那里，源自人与思想的重合，那是最完整的恶。

雷诺阿、布莱松、科克托、塔蒂

雷诺阿？

我特别喜欢他的一部电影，因为它让我想起童年时代的丛林哨所。那部电影名叫《大河》（ *Le Fleuve*, 1951）。我不喜欢那个写诗的女孩，但我喜欢那个想要蛇的孩子。我喜欢朝向恒河的斜坡，还有游廊、午睡和花园。我不喜欢电影里的印度人。将他们展示出来没有任何意义。我也不喜欢处处泛滥的善意。在雷诺阿（Jean Renoir）的电影里，爱情演得太过头。在我看来，《游戏规则》（ *La Règle du jeu*, 1939）就证明了这一点，欲望被帕凡舞取代了。最好被仆人们扭曲的欲望所取代，不是吗？我记不清了。

布莱松？科克托？

布莱松（Robert Bresson）是很伟大的导演，是有史以来最伟大的导演之一。《扒手》（*Pickpocket*，1959）和《巴尔塔扎尔的遭遇》（*Au hasard Balthazar*，1966）这两部影片就能代表整个电影。关于科克托（Jean Cocteau），我知之甚少。我找不到措辞来谈论他，因为我从未思考过这些。我想，对于除我之外的其他人而言，他应该很优秀。那些人一谈起电影，我就知道他们喜欢科克托。

塔蒂？

我太爱他了。我认为他可能是世界上最伟大的电影人。《玩乐时间》（*Playtime*，1967）是部巨片，是与现时代有关的最伟大的电影。这是《追忆似水年华》（*À la recherche du temps perdu*，1913—1927）的空间，也是城市空间。这是唯一一次我们可以这么说：真正出演的是人民。这也是为什么我认为电影没有成功：人民，这很抽象，而他们最喜爱的是被命运掌控的个人的故事。

然而，相比于塔蒂（Jacques Tati）的电影，我在布莱松的电影里感觉更自在，更有归属感。布莱松能够直戳我的痛处。正如塔蒂知道如何让我快乐。或许布莱松比塔蒂更能引发我的回应，也更有力。应该建立另一种电影批评：与其以亘古不变的方式谈论电影，还不如在电影前谈论自我。当我第5遍观看《猎人之夜》（*The Night of the Hunter*，1955）、《诺言》（*The Word*，1955）和《城市之光》时，我发现每次它们都能使我焕然一新。但与此同时，我也惊奇地发现，这些年过去了，自己依然如故。

杜拉斯？

我不喜欢杜拉斯的一切，但我喜欢《印度之歌》（*India Song*，

1975）、《她威尼斯的名字在荒凉的加尔各答》（*Son nom de Venise dans Calcutta désert*，1976）、《卡车》和现在的《奥蕾莉娅·斯坦纳》。我知道这些影片可以被列入迄今为止电影史上最重要的作品。

戈达尔？
他是最伟大的导演之一。是世界电影最重要的催化剂。

伯格曼？
不。我喜欢他早期的一些影片，如《小丑之夜》（*The Naked Night*，1953）。但除了这些，不，我不再喜欢他了，我不喜欢他。我意识到我从来没有喜欢过伯格曼（Ingmar Bergman），虽然我之前认为自己喜欢他。《假面》（*Persona*，1966）和《沉默》（*The Silence*，1963）都是过眼云烟。在课上，老师们会说：写得很好，但是……对于美国观众和一部分法国观众而言，伯格曼是伟大电影人的化身。这些观众将电影视作文化，并希望像热爱文学、热爱"美好事物"、热爱艺术品那样热爱电影。但伟大电影人的形象永久地停留在了伯格曼那里。美国人从来没有放过德莱叶（Carl Theodor Dreyer）的片子。他们把伯格曼当成德莱叶，把德莱叶当成伯格曼。我们不能同时喜欢两者，伯格曼和德莱叶。这是不可能的。

拉辛、狄德罗

我们已经不知道作者们是怎么说的。无论是拉辛（Racine）、帕斯卡（Pascal）、狄德罗（Diderot）、莎士比亚，还是巴赫（Bach）。现在戏剧领域盛行的效率原则让我避之不及："情节进展要快，不要拖拖拉拉，避免无效时间，要开门见山，直截了当。"目标就是"不让观众有时间觉得无聊"。但是观众根本没有任何时间，以至于他们走出剧院的时候，根本不知道发生了什么。彼得·布鲁克导演的《愚比王》（*Ubu Roi*, 1977）这部戏里，演员们把台词念得非常快，而且发音也不清楚。我们基本听不到雅里（Alfred Jarry）的剧本。这令人匪夷所思。彼得·布鲁克竟然将一个中学生头子推上了前台，从而取代了他认为不那么重要的剧本。[1] 他用雅里的剧本，却想方设法让人听不清台词。举个例子，贝雷尼丝（Bérénice），大家想象一下。然而，就是这样，我们只能听到十分之一。

电影批评

我觉得当下的电影评论只关注耗资巨大的电影。即使他们有时会说某部电影不是特别好，但只要这部电影耗资巨大，他们就会用满满三栏的版面去谈论它。只要看看评论文章的长度，我们就能猜到拍摄这部电影的代价高昂。

我认为现在的影评好像是新闻发言人轮班写的，确实是这样。它

---

[1] 就重要性而言，布鲁克认为《愚比王》的演员及其表演比剧本重要，这与杜拉斯立场相悖。另外，《愚比王》剧中主要人物的原型正是剧作家雅里就读的雷思高中的物理老师。保罗·莱奥托在其《文学日记》（1907年11月7日）中提到："《愚比王》是中学时期创作的作品，雅里和他的两个同学借此嘲讽他的老师。这部剧曾在雅里母亲家中上演，雅里的母亲还亲手缝制了木偶的帽子。"（Paul Léautaud, *Journal Littéraire*, Mercure de France, 1998, p.150）

完全依赖于新闻发言人的工作。

是的，例如《晨报》（*Le Matin*）、《世界报》（*Le Monde*），除了克莱尔·德瓦里厄（Claire Devarrieux）的评论。现在甚至《电视全览》（*Télérama*）也有这种趋势。唯一的例外：《解放报》（*Libération*）。往后，只要报纸上有两版文字都关于一部电影，那么这部电影的预算肯定超过 10 亿（旧法郎）。很少有电影评论家看过《奥蕾莉娅·斯坦纳》。因为电影预算不是很高。我觉得这不是有意的行为。他们读到我这些话也会觉得震惊。但这是确凿的事实。电影评论家们不愿再去看一些小成本电影。或许，他们只有在度假的时候才会看。

这很重要。现在，人们比之前更容易被钱所影响。

他们不再是电影的发现者。除了德瓦里厄和库尔诺（Michel Cournot），他们非常自由，什么片子都看。其他人已不再为了电影本身的乐趣而去看电影了。

或许是因为评论的倦怠。一方面，影片越来越多。另一方面，有些电影，如自称为"先锋"或"边缘"的电影，曾令很多影评人失望。我从西克利耶（Jacques Siclier）那里意识到了这一点，他特别坦诚。

确实，如果我们想自娱自乐，大可以假想有在位的三四个影评人出现在《奥蕾莉娅·斯坦纳（温哥华）》的发布会上，拍摄这部电影只花了 500 万旧法郎。这是无法想象的。我不怪他们，但他们应该雇佣更多人手。作为影评人，他们怎么受得了不去看那些有人认为很重要的影片呢？我们很难理解。有几个我完全不认识的人，每当我推出书或电影的时候，他们总是在那里，特别忠诚。他们和激进分子一样抨击我的作品。人们告诉过我他们的名字，然后我又忘了。

但是他们没有忘记我。他们逢场必到，总是阅读我的作品，而且从不忘记。这样持续了很久，很多很多年。对于他们而言，坚持的原则是仇恨，不是吗？

是的，这是个传统。

为的是彰显他们的性格，不是吗？因为好像没有人能如此坚定地、持续地恨，除非他之前就已经决定好了，在读我的书之前，在看我的电影之前，不是吗？

1968 年 5 月 20 日 : 关于大学生 – 作家行动委员会之诞生的政治纪事

　　仅有一次，我们来了 60 人。那是 5 月 20 日，在索邦大学，哲学图书馆的一间阅览室里。那是大学生 - 作家行动委员会的组建大会。其中 15 人很有名：作家、记者、电视专栏编辑、教授、作家、记者、电视专栏编辑。另外 40 位无名之辈中有作家、记者、大学生、社会学家、社会学家。[1] 经由投票全员一致通过一些决议，尤其是对法国广播电视总局（ORTF）的抵制。

　　很多人都发表了讲话。最受尊崇的是电视专栏编辑们的演说。其他人说的都难以入耳。两位主席相继当选，没有必要选举第三位了。

　　有人多次强调"每个人都要发言"。事实上，只有六七个人做到了，其中包括电视专栏编辑和大学生。他们之所以成功地发表了演说，是因为大学生们很严厉地指责了会议进程的无序和混乱，而专栏编辑们谈论的主题则是电视。

　　尽管如此，有些方案还是被拟定出来了，很多都很具体。委员会也被提名。秘书处也组建好了。轮值制度也得到了确立。

　　善意爆发，使人不得不报之以善意。

　　委员会成员从来没有碰过头。之前那些积极主动提出要值班或在秘书处工作的人再也没有回来。有一些人偶尔还露个面，另一些人从未出现过。没有人去值班，秘书处也无人办公。

　　那些会议上巧舌如簧的人也是最没有恒心的。对于大部分人来说，我们只见过一次，就是召开大会的那一次。第二天，第一次肃清工作

---

[1] 此句和前句，原文即有重复。

就开始了。

60 个人中，只有 25 个人回来。一位电视专栏编辑也没来。回来的人里有社会学家，也有作家。但没有昨天那些人名气大。还有大学生。却没有记者，对他们而言，一切都结束了。

说话声音也没有之前那么响亮了。演说也听不到了。

几天之内，人数趋于稳定：每天晚上都有 15 到 20 个人来参加大学生 - 作家行动委员会会议。但未必都是同一拨人。除了三四个坚持到场的。

他们组成了大学生 - 作家行动委员会的根基。他们总是在约定的时间和地点出现。在他们的坚持下，委员会如期成立。

3 天之后，委员会搬到了桑西耶校区（Censier），第二次肃清工作开始了。一部分作家们聚集起来，一起离开了委员会，投奔作家协会。吃了闭门羹以后，他们又创建了作家同盟。作家同盟旨在更直接地接管作家群体，并质疑作家的身份、角色、利益，还有吃闭门羹的经历带来的伤痛领悟：话语权。

这群人的离开很关键，它将作家们分成两拨。

虽然从理论上讲，三十几位作家中只有三四位留了下来，但其他作家的离开还是使某些委员会成员陷入了长达几小时的困惑之中。除了三四个人之外，不久，又有其他几个人也加入了他们。

两周之内，与会人数逐渐稳定，和在索邦开会期间差不多。

三四个固定成员变成了七八个，他们和往来自由的非固定成员一起，保证了每晚参会的人数。

两三个大学生时不时过来参会，扮演审查者的角色。在那期间，他们的讲话都备受关注。然后，这样的关注度就逐渐降低了。

有时，某个我们从未见过的人来参会，持续坚持了一周，之后再也没有出现。

有时，某个我们从未见过的人来参会，之后便从未缺席。

有时，某个我们从未见过的人来参会——他以为自己到了什么地方？——来这里看报纸，然后就永远消失了。

有时，是我们已经见过或经常见到的人来参会。

有时，某个我们从未见过的人来参会，几天之后他又回来了，然后就越来越频繁地来参会。突然有一天，他留了下来，成为固定人员。

但很多时候，人们只是一时兴起，来过一次。他们来了，看一下，有时听上几句，然后离开，再也没有回来。有一次，一个人来了，上交了一首诗的手稿，念了一首诗。之后又出发去了瑞士。这是在蒙特勒伊（Montreuil）。

一个月过去了。缺席的现象越来越明显：委员会也最终成型。

总的来说，相同的原因使一拨人离开，使另一拨人留下。

最重要的是委员会的构成。它经不起任何分析。而且随机性很强，和十字路口处的相遇一样，几乎属于偶然事件。新来的人无法给他们碰巧加入的委员会贴上标签，更无法弄明白集会的根本原因，最终只得离开。

另一个导致组织短命的原因在于委员会活动本身。

每天，在好几个小时内，成员们都在共同起草集体署名的文章，其激烈程度堪比躁狂症患者。

总的来说，新来的人员坚持不了两次。

而委员会成员对他们的离开不屑一顾，继续不知疲倦地写作。

报刊经常——三分之二的概率——无视委员会提交的文章，或者拖延文章的发表，只为凑数之用。但对于委员会而言，这都不重要。成员们仍继续写作。

集体写作的炼狱面临日复一日的抉择，一旦开启，就像占领马萨公馆的那拨人 [1] 一样。

与会人的耐力因神秘莫测的标准而发生变化。在这里，我们只能凭经验分析。我们可以这么说：那些我们之前就认为坚持不了的作家们，确实受不了这般炼狱；那些我们之前就认为能坚持下来的作家们，最终坚持下来了。

最初，留下的人和离开的人之间的差异不断更新、不断扩大，变成曾经留下的人和曾经离开的人之间的区别。

留下的人和离开的人用同样的措辞表达会议停滞不前的荒谬，以及坚持下来所需要的超凡耐力。

"这是不可能的"，留下的人和离开的人都这么说。

否定一篇文章是起草文章的另一种方式。

某篇在别处会被认可的文章在这里被否决。第一个反应总是拒绝，拒绝他人的评价。一旦挣脱了长期以来所接受的提倡认同的教育进而获取自由之后，他们首先想到的就是，拒绝。

很显然，集体署名的文章被定位为对某个人工作的批评。在这之外，集体写作就是空想，没有任何意义。

第一遍阅读：极度的怀疑。突然，这篇文章被认为是——依旧是且总是——个体精神活动孤军奋战的结果。虽然不知道作者是谁，但他必然会因不负责任而受到惩罚。"发自内心的成果"被抹杀。

---

[1] 1968 年 5 月期间，一群作家占领马萨酒店（l'Hôtel de Massa），建立法国作家协会总部，并成立作家总会。

第二遍阅读：先前的怀疑态度逐渐消解。第三遍阅读。第五遍阅读。看吧，个人主义的罪恶已被肃清，集体开始运作。

经受严峻考验的文章被抛弃、被嘲笑、被否决，消失过后又获重生。但和原稿相比，经常相差无几。

所以，在语法层面的微调之后，这篇文章变成集体的了。

它穿越了隧道。离开。起飞。

"我在这里很无聊。"一位作家说。

我们再也没看到过他。他离开得很狼狈。虽是意料中事，但他的毛躁使我们重新认识了他。我们之后读他的文章时才发现，事实上，从头至尾他都不曾改变，毫发无损。

大学生-作家行动委员会出品的文章异常严谨。是的。从它们身上几乎看不到创作过程中所遇到的巨大困难。

这个困难被认为是集体写作行为最主要的吸引力。它在更深层面重新定义了集体写作。

这个困难是个体与集体抗衡的结果。个体的小心思与集体的公正性之间的抗衡。个体的主观性与集体的客观性之间的抗衡。它与世界的历史一样久远。本质上，这个普遍的困难与个体维生的困难相同。个体的困难被提升到了集体的高度，成为个体在集体中维生的困难。

委员会难以为继。它也是这样被组建出来的。苦役持续了4个月。我们，我们仿佛置身于机舱里。我们尝试了所有——暗中的——破坏行动。没有任何效果。

只有"拒绝"将我们相连。被阶级社会引入歧途的我们依旧活着，难以归为某个特定的阶级，但失去阶级标签的我们学会了拒绝。我们最大限度地捍卫拒绝立场，甚至拒不加入那些拒绝我们立场的政治党派。我们拒绝反对派设定好的否决立场。我们拒绝我们的否定立场被包装成某种商标。我们捍卫它不竭的源头和前进的方向。

大学生 - 作家行动委员会里面没有任何来自政治组织和党派的激进成员。即使有，他们应该也坚持不下去。

如果有人要求——此类要求时常出现——一次性解释每个成员的想法，这样的要求总会被大多数人否决。顺利逃脱危险的宽慰也随之而来。我们说我们拒绝理论层面的分裂，拒绝明确想法的毒药。但我们没有明说这个可能的事实：与我们认定的想法相比，我们更认同怀疑，怀疑的态度将我们相连。

我们的拒绝还包括拒绝因个体差异而产生的分裂。

从第一天起，我们不仅在个人意见方面，也在私生活和个性方面有所保留。这种保留态度是自然而然形成的。只有骂人时才会牵涉到私人"情报"和个人品性。

"你有……你是……"

只有骂人时，为了使辱骂更具攻击性，我们才会求助于代表落后价值观的私人信息。

总体而言，委员会的所有成员都本能性地对他们出现在那里而不是别处的原因缄默不语。

此外，或许只有通过心理分析层面的慢慢探索，才能——勉强地——发现这些原因的来龙去脉，细枝末节。但对于所有行动委员会成员而言，无论他们是否意识到，他们在这里的共同原因就是为了野蛮地拒绝。

所有人的持续努力都是为了保存委员会内部共同的、最根本的不透明性。

我们经常无所事事。有人说：

"我提醒你们注意我们什么都没干。"

习以为常。

问题在别处。

就是这样的无效时间内，委员会的存在才显得毋庸置疑。为什么我们一定要做什么事情呢？而这其中的秘密可能会浮出水面：为了存在。

每天我们为了来参加这地狱般的集会而纠结万分，但最终却在千万种其他可能之间选择了它，仿佛这是我们本应该做的选择一样。

对我们而言，这样的集会引发了某种具有吸引力的厌恶感。我们持续在一走了之和回来参会之间摇摆不定。离开的诱惑和拒绝的本能同时产生作用。集会正在成形。

集会是什么？或许是完全不同的东西？可能吧。

我们是反支部的。周围的行动委员会和我们完全不同。没有命令。没有提倡的榜样，没有激进分子。我们要么拒绝，要么服毒。我们付诸行动。我们聚集在一起。这里，没有高高在上的演说，没有"纲"也没有"线"。从一开始，我们就拒绝对成员进行分类。这里，一切都杂乱无章。

因为没有合适的参照，我们只能类比：委员会和梦一样缥缈。但也和梦一样重要。它像梦一样给人留下深刻印象。也和梦一样属于我们的日常。

我们可以梦到无特定对象的爱。偶然的机缘将我们相连。成员之间没有任何亲缘关系，在外人看来，委员会更像一个小社会，但这依然是个特殊的社会，滑稽的社会：疯子们的社会。

"你们是群疯子"，我们的观察者们经常这么说。

我们默不作答。

"你们在政治上不现实的态度超过了限度。"

习以为常。不现实依旧是罪。或许要等上百年,这才可能有所改观。

我们经受了各种考验：近期的革命，选举，酷夏，大学生们的离散和回归，大学的关门、再开门，激烈的争吵，最恶劣的辱骂。但是两个月来，没有人离开。

这些证据足够表明我们是永恒的。

我们是未来的史前史。我们就是走向未来的努力。努力是一切皆有可能的先决条件。我们站在通向未来之路的起点上。我们就是走向未来的努力。

我们的社会存在从未被深度异化过。如果不是这样，我们根本坚持不下来。那些离开的人——一言或万言以蔽之——已经半只脚踏入了机器。他们当然可以反驳这一点。但是没有用。

没有人对会议进行的方式感到满意。总体而言，细节问题的处理耗费了太多时间。但很少有人能说清楚，替代这些细节问题的普遍问题是什么性质的。

我们的坚持所产生的最显著成果已开始显现。每一次会议都为下一场做准备。以至于新来的人现在很难跟上我们所说的，很难理解当下的情境以及我们关注的对象。我们的会议，尽管相隔时间较长，也不再限制我们的关系。相反，我们的关系已经超出了会议的界限。对于那些没能及时参会的人来说，我们变得难以理解。他们常常会搞错。

"这太糟糕了，你们是在浪费时间。就是现在，你们应在文章上署名，好好利用你们的名字。"

习以为常。这里，内部的工作并不列入工作小结。我们一起前进，迈向严格意义上的自由。

我们必须承认，那些头也不回就离开的人已无法让我们感到后悔。

在我们看来，基于个体的可互换性意愿而进行招募，以及对于去个体化（la dépersonne）的推崇，是唯一具有革命性的。这也伴随着对于脱离了个体角色的个人的推崇。

我们通过投票决定发布公报，希望借此反映我们的经历。

我们不知道委员会是否能经得起这场考验。

注意：以上文章曾被大学生-作家行动委员会否决。它被认为是太"个性化""过于文学""含有恶意"和"虚假"的。对这篇文章的拒绝也导致了大学生-作家行动委员会的解体。几年前，《观察家》杂志曾经发表过该文章的选段，以及莫里斯·布朗肖（Maurice Blanchot）和迪奥尼·马斯科洛（Dionys Mascolo）的文章选段，后者也同样发表在委员会公报里。但杂志只提及了布朗肖和马斯科洛的署名，而忽略了我的署名。

致让－皮埃尔·瑟东，
绿眼睛

　　来吧，来吧，在这个春日的午后，来吧，我们一起，穿过城市，我们一起聊聊天，这就是生活中的幸福，让我们一起透过玻璃，透过黄色的光，看看城市，看看车水马龙，我们一直这样，透过玻璃，透过弥漫着的黄光，看着这城市，我们聊聊天，谈谈离开，停留，写作和自杀，你看，不带任何目的性，只为听听这座城市的声音，陌生的语言，喊叫，喧闹，河流的声音，还有我们的喃喃细语，看那些在山谷上空翱翔的秃鹫，看，它们在寻找猎物，挑起战争，你知道的，是在寻找集中营，是的，听，火车呼啸着穿过欧洲，仍有因饥饿而丧生的人，是的，依然有，你都知道，是的，一切都一样，不，一切都不同，因为我们在一起，我们，是的，听，听着簇新的空虚到来的声音，新的冒险，让我们在一起，直到日暮，看着走廊上我们被渐渐拉长的影子，让我们在一起，直至太阳西斜，傍晚，我们一起看着夜幕降临，夜是生命的另一个侧面，如此突然的反转，如此简单的交替，我们几乎还未察觉便已消逝，看，看吧，夜的精灵来了，它们蹑手蹑脚地慢慢走近，听，你知道吗，新的收成，那些不工作，不再工作的人所获得的收成已经不够了，他们与生活中无尽的闲暇更为契合，看，听，时间多奇怪，它走来，漫长而又缓慢，没有工作也不再有工作，20 世纪末最长的停工期，你听说了吗，这还将继续，百年难遇，今年的夏天也一样，夏天开始了，我们可以这么说，夏天到了，白天变得更长，更缓慢也更深沉，仿佛将永久驻留，来，成倍增长的就业已经停止，成倍增长的苦痛也已停歇，没必要撒谎了，没有工作，也没有工人，来吧，我们再好好谈谈，谈谈一切，这是生活中的幸福，谈谈这座如海一般的城市，从那里，她从水里走来，离开了河流，她属于另一侧，

……她来了，她，失落的世界，看，她来了，你认出了她，她是我们的姐妹……

听吧，看吧，看着她，她来了，她，失落的世界，看，她来了，你认出了她，她是我们的姐妹，我们的孪生姐妹，她来了，你好，我们朝着她微笑，她那么年轻，那么美，莹白的皮肤，绿色的双眸。

卓别林，是的

是的，卓别林。他不思考，不假设，不评价。他总是投身于喜剧，也就是说喜剧从未离开过他。他的喜剧结合现实，反映现实，是因为他理解并看清了现实。在他眼里，纳粹就是残忍的马戏。他将其视作马戏，希特勒是残暴的小丑，朗德吕（Landru）是苦刑罪犯[1]。卓别林从不想当然地看待任何事物。人性，对于他而言，是入地狱之罪，他听之任之。毫不抵抗，随波逐流，这也是卓别林伟大的地方。他独自一人便可成群。被淹没在无底的深井里。任何事物都无法阻止他的坠落。发生在他心底最深处的事件渐渐被遗忘，卓别林任其消逝，任人摆布。事件在卓别林那里经历了遗忘和不解之后，又重新浮出水面，获得了他的认可和理解。卓别林不是一个完整的人。他是残疾的天才，是人类精神史上的传奇意外，也是电影的巨大裂痕。他是精神层面的贫民，是精神层面的落后者。

人们都说，卓别林最大的幸运就是赶上了默片时代。我说，从未有人在有声电影中达到过卓别林电影中无声的境界。

---

[1] 此处分别指卓别林自导自演的影片《大独裁者》（The Great Dictator，1940）和《凡尔杜先生》（Monsieur Verdoux，1947）。后者的人物原型是法国连环杀手亨利·德西雷·朗德吕（Henri Désiré Landru），他被称为现实版"蓝胡子"。——编注

孤独

　　有人说，生活在现代社会里的人太孤独了。我觉得这么说没任何意义。有些难相处的人，之所以令所有人都避之不及，是因为他们没有独处的天赋。那些看不见、听不见，抑或是想尽一切办法将生活日常安排得满满当当的人。那些因担忧生活里的孤独而被孤立的、惴惴不安的人。他们的不安也使我们焦虑。我们，当我们谈到孤独的时候，我们总认为，人们一方面太孤独；另一方面，又没有足够独处的时间。大部分人结婚是为了摆脱孤独。为了有人一起生活，一起吃饭，一起看电影。他们只是模糊了孤独的概念，而没有真正摆脱孤独。这仅仅是这样一种保证：永远可以求助于在场的另一方。但一对爱侣是一瞬间的事实。这种状态绝对延续不到婚姻里。在西方社会，夫妻永远是基督徒。但幻想依旧是完整的：每对新夫妇都是既定规则的例外。爱就是这样。结婚。个人冒险的终结，无论何种冒险。生育却恰恰相反。在我看来，生育是个体的解放：我们多了一个孩子，孩子渐渐长大，我们并不需要和对方一起分享。在夫妻之间，我们什么也做不了，只能等着奇迹——相爱的时间慢慢被放空。夫妻本身就是它自己的终结。两个人，我们什么也做不了，生不了孩子，生孩子是一个人的事情；也享受不了鱼水之欢，因为爱如闪电一般，总在别处。作为夫妇，我们什么都不知道，甚至不知道何为爱。我们只是虚度年华，过日子罢了。我们凌驾于生活之上，高高在上的生活并不会给人伤害。孤独变得可以承受，因为它已不再意味着被迫独处。在这个意义上，人们才羡慕夫妇。在世界上所有国度里，结婚被认为是消磨时光最绝妙的方法。我们始终被要求保持忠诚，所有背叛都被认为是宗教禁忌：我们爱得如此强烈，我们无法对另一半不忠诚，这是亵渎上帝。现在的年轻人都说没有经历过这种酷刑。我们无法相信。于是，他们谈起别的事情，谈起同居，谈起成家，但不谈爱情，也不谈欲望。这个酷刑，这个伦理涉及生活的方方面面。如果我写作，那是因为有人在想念我。如果我爱上别人，那我就辜负了在等我的他（她）赋予我的爱。如果我离去，那就意味着分手。如果我渐行渐远，那么我已经想离开了。责任感深深根植于土壤，幸福寸步难行。幸福无法和自由一起前行。自由的考验可能是所有考验中最困难的，但自由也是另一种极致的幸福。当我们谈到孤独的人，他们也存在于这些自认为幸福、稳定的夫妇中。他们有孩子，有工作，每周六下午上床。彼此之间已经没有了欲望，有的只是深深的眷恋。他们每天晚上都幻想有新的爱情。新的欲望。但他们对此缄口不言。这样的幻想因背叛的罪名而应受到谴责。背叛是爱情中残留的、最真实的东西。让人有所期待的东西。

《广岛之恋》中的女人是孤独的。她因为年轻德国人的离世而变得孤独。甚至在婚姻里，在生育期间，她依旧是孤独的。安娜 - 玛丽·斯特雷特（Anne-Marie Stretter）有个情人，但他们之间已经没有任何成为夫妇的理由，那是孤独的终结。绝望自由了。安娜－玛丽·斯特雷特始终生活在孤独中。当她死去的时候，她依旧是一个人。他没有为了阻止她自杀而采取任何行动。没有人的孤独可以与奥蕾莉娅·斯坦纳的孤独相提并论。我们总是谈论将来的计划，例如将要拍的电影。这对电影计划不会产生阻碍。但，当一本书正在被书写的时候，这本书成了不可侵犯的圣地。稍加谈论可能会使它不复存在。从自身内部把书拿出来端详，或者给别人看，就等于将书的一部分永久性地从身体内部剔除。写作在继续。一本持续前行的书如同潜在的生命。和生命一样，书也需要各种阻力、窒息和痛苦，需要放慢节奏，需要苦难，需要各种羁绊，也需要安静和夜晚。首先，每一本书都要经历出生时的恶心，面对长大以及最终面世时的恐惧。但，当书真正存在的时候，它最初的经历没有在它身上留下任何痕迹。书被创作的过程不需要任何帮助，它必须独自面对。我们不能过早地预断它的内容。过早地将掌控它命

运的秘密公之于世只会破坏它的将来，也会使这个秘密不复存在，或者面目全非。和初生的书一起，我们必须经历这样的旅程。这样的苦役也伴随着整个书写过程。我渐渐爱上了这段奇妙的不幸经历。

我谈论的是写作。即使当我看上去像是在谈论电影的时候，我谈论的依旧是写作。我不知道如何谈论其他事情。当我拍电影时，我也在写作，书写图像，书写图像应该表现的内容，书写我对图像本质的怀疑。书写图像应该具有的意义。此后，图像的选择也是书写的结果。胶片写作，对于我而言，就是电影。原则上讲，创作电影剧本是为了"以后"。写文章却不是。但这对我而言却恰恰相反。

当我写《奥蕾莉娅·斯坦纳（温哥华）》时，我不确定它以后是否能拍成电影。我在不用考虑拍摄所带来的幸福感中写作。最终完成。如果没人给我 500 万，让我把它拍成电影，我本该拍摄一部黑色电影，一条黑色光带。我与电影之间是谋杀关系。一开始，我拍电影是为了获取毁灭文本的创造性经验。现在，我拍电影是为了抵达图像并将其浓缩。我希望创造出一种万能图像，可以无限地与一系列文本叠合，而该图像本身并没有任何意义，既不丑也不美，只有当文本穿越过它时，意义才随之产生。我认为《奥蕾莉娅·斯坦纳（温哥华）》中的图像已十分接近理想图像。理想图像需要足够的中性——让我们严肃些——为的是避免制造新图像的麻烦。那些拍了几千米图像的电影人都太天真了，你们注意到了吗？他们有时候什么也做不成。借助黑色胶片，我或许可以抵达理想图像——那声称谋杀了电影的图像。这就是我近来在工作中发现的事情。

如果我无法找回最初显现于纸上的文本，以及被复写的声音，那我就重新写。

如果我无法找回最初显现于纸上的文本，以及被复写的声音，那我就重新写。我重写了四遍《黑夜号轮船》。至于《卡车》和《奥蕾莉娅·斯坦纳》，我一开始就找到了声音的最初路径。您看，我朗读文本完全不是为了加深文本的意义。完全不是。与此完全不同，我是在寻找文本的初始状态，正如我们在记忆中寻找很久之前发生的，不是亲身经历，而是"道听途说"的事件。意义是之后才到来的，并不需要我在场。朗读的声音就足够给出文本的含义，而不需要我的参与。高声朗读是最好的，而第一次您私下的阅读尽可以是无声的。缓慢而无拘束的发音，我仿佛正在褪去文字的外衣，一件又一件，为的是发现文字下隐藏的东西：被孤立的词变得难以辨认，剥去了所有亲缘关系和身份之后便被抛弃。有时，一句未尽之言的位置被空出。有时，什么都没有。勉强一个空位、一种形式，但都是开放的、有待选择的。这一切都应该被朗读，包括空白。我想说：一切都应该被寻回。我们会发现，当我们说话时，当我们倾听时，这些文字是如此脆弱，仿佛掉在地上便能化作湮尘。

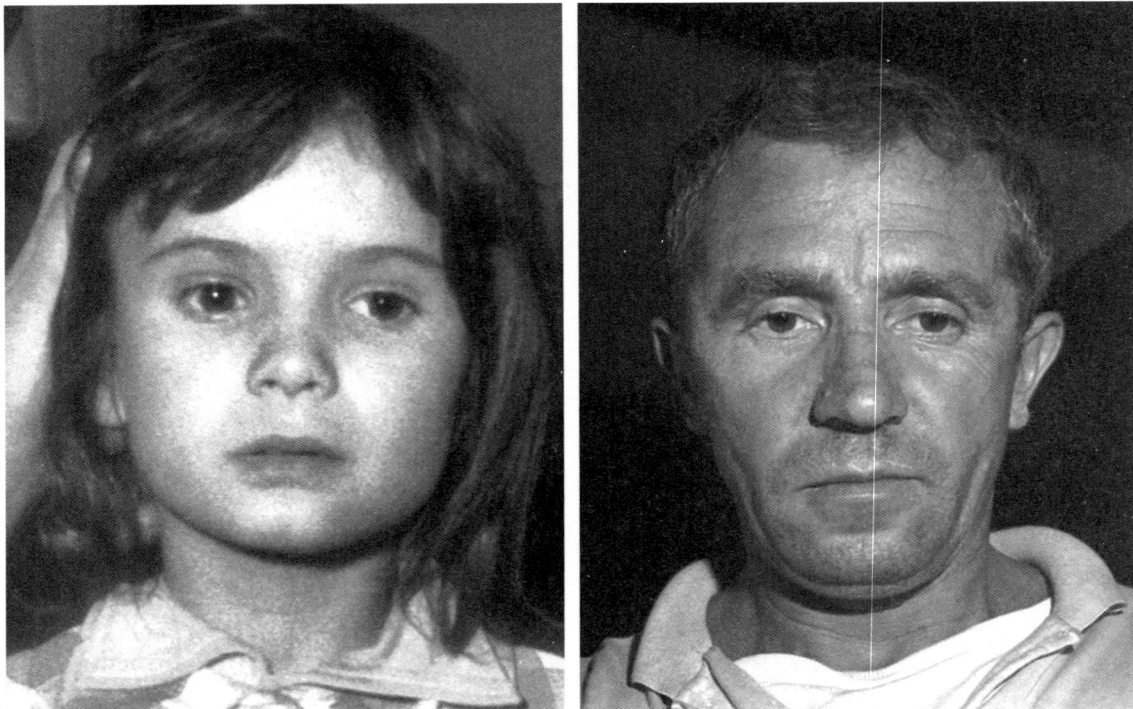

奥朗日镇的纳迪娜

奥朗日镇的纳迪娜（Nadine）被绑架，然后又被绑匪安然无恙送回
的故事。

《法国观察家》（*France-Observateur*），1961 年 10 月 12 日

　　我在电视上看到安德烈·贝尔托（André Berthaud）的"审讯"，
所以就去拜访他的妻子。我在门外等了一个小时，她不愿意开门，并且不停地驱赶我。她将自己藏在恐惧和不安中。然后，她打开了门。我们谈了很多。她一边交谈，一边听着楼道里的声响，那边还有警察。我回想起这样的画面：在位于索塞街的警局里，有个男人紧贴着墙面，在探照灯下，在警察的谩骂声中。警察们仿佛等待分食的猎狗，企图一起共享这盛宴。你会招的吧，对吧？快说……快说，你摸了她吧……混蛋……18 年后，居然还有这样的事情，让人难以忍受。受审人要求去厕所，然后把小折刀插进了心脏。他什么都不知道，但他依旧这么做了。我还记得这个电视新闻在当晚引起的波澜。人们很愤慨，突然之间，他们拒绝被操控，拒绝相信警方给出的版本。因为警方认为安德烈·贝尔托是畏罪自杀。该事件是警方的惨败。

现在，正如事件发生之时，我认为贝尔托的行为不是他当时唯一可以给出的回应，而更像是一种拒绝，一种对回应的拒绝，即拒绝参与警方编造的谋杀戏码。他思想上的落后在这里是有益处的：他可以按照自己决定的方法去死。——是的，那天晚上，突然，警局里面一个人也没有了，没有"活儿"了，只留下警察们，他们被"耍"了，被"骗"了：那个男人死了。

男人和孩子之间的爱仍将不受制裁，死亡给它画上了句号。我完全相信这样的爱。安德烈·贝尔托和小女孩相爱。医学检测很肯定：小纳迪娜没有被强奸。强奸本有可能发生，但事实上没有发生。未遂的强奸行为转移到了贝尔托最后的举动上。这是可能的，很有可能的：如果没有欲望带来的如此后果，我们不会认为爱有那般强烈。对我来说，这也是强奸行为被违抗的原因：这力量源于对孩子的爱。

我认为这与我无关，这与所有人无关。强奸没有发生。

我突然意识到事情的蹊跷：近几个月谋杀 4 位警察的凶手 48 小

时之内就被绳之以法，而 3 个半月前谋杀皮埃尔·戈尔德曼[1]的凶手至今仍逍遥法外。

M·杜拉斯：这是如何开始的？

贝尔托夫人：纳迪娜的堂兄们是我女儿达妮埃尔（Danielle）的朋友。我的丈夫和纳迪娜就是这样认识的。他们都在山地圣母村（Notre-Dame-des-Monts）度假。人们以为他们认识很长时间了，但这是错的。纳迪娜和安德烈在假期的最后几天才相识，也就是 8 月 31 日到 9 月 4 日之间。这 5 天的时间见证了他们彼此之间的友情。

M·杜拉斯：他离开后，也就是 9 月 4 日至 26 日期间，发生了什么？

贝尔托夫人：他独自回到山地圣母村，待了 3 天，为了再次见到纳迪娜。

M·杜拉斯：在 5 天假期里，就是您还在山地圣母村的时候，发生了什么？

贝尔托夫人：他们彼此之间感情特别好。报纸没有讲出全部的真相。纳迪娜也无法离开安德烈。无论我们在哪里，纳迪娜总会跟过来。他们一起玩，一起游泳。她挂在他的脖子上，然后下海。就这样，一直挂在安德烈的脖子上。他抱着她的肩膀。纳迪娜一醒就过来找安德烈。这让我们觉得很好笑，甚至有些讨厌。有一次，纳迪娜来到我们这里，而安德烈已经去 3 千米开外的地方游泳了。为了阻止纳迪娜去找他，我不得不发火。无论我们在哪里，纳迪娜都会来。她从外婆家逃跑，然后来找安德烈。她本来想睡在我们家里，和我们一起吃饭。无论我

---

[1] 皮埃尔·戈尔德曼（Pierre Goldman），法国左翼知识分子，被判犯有几起抢劫案，于 1979 年 9 月 20 日被神秘暗杀。有人怀疑，反恐怖组织"解放"（GAL）行刑队与其谋杀案有关。——编注

们到哪里，她都能找到我们。有一次，我们在松树下野餐，安德烈在睡觉。我们想赶走纳迪娜。后来安德烈醒了。当然，纳迪娜和我们待在一起，是安德烈强烈要求的！

M·杜拉斯：安德烈·贝尔托对孩子们怎么样？

贝尔托夫人：他以他的方式深深地爱着我们3个人。他会杀了任何企图伤害他孩子的人。但我必须说，他从来没有对任何孩子感兴趣，从没有，甚至是他自己的孩子，纳迪娜是例外。他不得不接受纳迪娜。他一看到她，情感就剧烈地涌上来。我必须要对您说，他当时疯了。他是个很粗暴的人，要么生要么死，特别简单的男人。纳迪娜和他的故事很简单：一个12岁的孩子突然爱上了另一个12岁的孩子。我永远无法想象这样的事情。当我们离开山地圣母村时，那太可怕了。纳迪娜希望和他待在一起，而他也想和纳迪娜在一起。他们俩都哭了。他们很绝望。

M·杜拉斯：您刚才说他又回去了，为了在周末见到纳迪娜？就是周末和纳迪娜待在一起的3天让您开始担心的？

贝尔托夫人：是的。他希望再见到纳迪娜。他不停地重复："我想再见到纳迪娜。"他不停地谈论她。他把纳迪娜的照片贴得到处都是，电视机上，壁炉上，到处都是。我们试着把照片拿走。就是从那时候起，他开始威胁我们，威胁我们的女儿达妮埃尔。"如果你们拿走一张纳迪娜的照片，"他说，"那么达妮埃尔再也见不到J.（达妮埃尔的男朋友）了。"

M·杜拉斯：您认为达妮埃尔陪他去奥朗日镇的事实……？

贝尔托夫人：是的，我确定。我确定他对她这么说，"如果你不和我一起去，你就再也见不到J.了。"

M·杜拉斯：请您再谈一下安德烈决定和纳迪娜一起出走之前的那段时间。

贝尔托夫人：他想要再见到纳迪娜，不惜一切代价。他和我说过。"我想要再见到纳迪娜。你没必要嫉妒她。我深深地爱着她。如果她十五六岁，我理解你可能会嫉妒，但你现在根本不需要嫉妒她。"如果说我前几日根本没有担心这事儿，是因为纳迪娜住在离这里 900 千米的地方。

M·杜拉斯：您当时担心什么？

贝尔托夫人：我只担心，为了重新见到纳迪娜，安德烈会给小姑娘的父母添麻烦，并打扰他们。我也担心他会吃闭门羹。我从没担心别的事情。

M·杜拉斯：他对纳迪娜的爱与日俱增？

贝尔托夫人：是的。我和孩子们试着治愈他。纳迪娜是个很漂亮的小姑娘。我们对他说："纳迪娜有着黑色头发，棕色眼睛，还在换牙，很难看。"他大为光火。"没有人比她更美"，他说。近些日子，就是 9 月 26 日之前的最后几天，情况更加糟糕。他吃不下也睡不着，只想着那小姑娘。我们曾试着让他笑一笑，也曾要求他笑一下。但他做不到。他受不了了。"如果我能再见到纳迪娜，"他说，"情况会好一些。如果我能再见到纳迪娜，我就会好起来。"

M·杜拉斯：那时，任何事情对他来说都不重要了？

贝尔托夫人：是的，任何事情都不重要。他不再照顾我们。但从山地圣母村回来那会儿，他已经这样了。您看，他 12 岁的儿子克劳德（Claude），本来安德烈想把他培养成自行车冠军，并给他买了惊人的全套装备。从好几年前起，他每个周日都陪儿子去宛赛纳森林训练。

他对此抱有很大热情。但与纳迪娜相识之后，他再也没有陪儿子训练，一次也没有。克劳德很难过。我记得，在山地圣母村，克劳德一直驱赶纳迪娜，甚至为了赶走她还动了手。克劳德很嫉妒。当然，这是可以理解的。但，您知道吗，那个小女孩一直待在我们这里，安德烈也想和她在一起。没有任何事可以使他们分开。

M · 杜拉斯：度假那会儿，您一点都不担心吗？

贝尔托夫人：不，那时候还不担心。只是觉得很无聊，很气人。因为他们总是旁若无人地待在一起，不管别人的感受，就这样。但我们回到巴黎之后，尤其是周末之后，当我发现事件的发展已经超出了安德烈的承受能力，他已经彻底被无法抵制的爱情冲昏了头时，我开始感到害怕。

M · 杜拉斯：你从来未质疑过安德烈 · 贝尔托对纳迪娜的爱吗？

贝尔托夫人：从来没有。人们之所以会有很肮脏的想法，是因为他们无法理解。因为性侵幼童案十分常见。他们认为这也属于对纳迪娜的侵犯。虽然我从没见过这样的事情，但是我绝对没有这么想，我知道那完全是另外一回事儿。

M · 杜拉斯：什么事儿？

贝尔托夫人：无法说清。无法找到合适的措辞。爱，肯定是的。但不仅仅是男人对女人的爱，也不仅仅是父亲对孩子的爱。是另一种爱。我不知道怎么说。

M · 杜拉斯：您从来没有为纳迪娜担心？

贝尔托夫人：从来没有，我从未见过安德烈对纳迪娜的爱里掺杂有任何色情成分。从来没有。当警察来的时候，我一直这样告诉他们，让他们放心。我一直对他们发誓说安德烈绝对不会伤害纳迪娜。虽然我从来没见过这样的事情：纳迪娜和安德烈之间的爱。但我知道，我丈夫的脑子里绝对不会闪过一丝一毫伤害小姑娘的念头。他绝对不会以任何方式伤害纳迪娜，绝对不会，永远不会。

您知道的，安德烈是一个特别单纯、善良的人，他甚至会捐出自己的衬衣。但正因为太单纯，他有时会受到邻居、家人和朋友们的排挤。当他遇到纳迪娜时，小姑娘对他太温柔了，而且一直追着他。她是如此温柔，安德烈很快就沦陷了。她像亲吻父亲一样亲吻他。我和您说，她一整天都挂在安德烈的脖子上。我认为那是个没有享受过父爱的孩子。她爸爸是军队飞行员，她基本都见不着他。对于纳迪娜来说，这也很奇妙。这个故事一开始让我觉得很好笑。现在，我基本能理解一点了。或许，他们彼此之间相互需要。他们都沦陷了。缺爱的两个人彼此相爱。

M·杜拉斯：安德烈·贝尔托的性格怎么样？

贝尔托夫人：很单纯。我和您说过，单纯得像个 12 岁的孩子。也很善良。他的父母离婚了，他完全由祖母带大。他太气愤了，怒火如此难以抑制，以至于如果警察和我说他在争吵过程中杀了人，我都不会感到惊讶。但他绝对不会伤害纳迪娜，绝对不会。安德烈最喜欢运动和大自然。他从不抽烟，也不喝酒，只喝牛奶。每周日，我们都会去塞纳尔森林或者宛赛纳森林。您看，他是个会采花的男人。我懒得弯下腰去采，但他却很乐意。您看，他就是这样的人，他采花时从不感到疲惫。

M·杜拉斯：同样地，他也把纳迪娜带到了塞纳尔森林？

贝尔托夫人：是的，您看，我能猜到他们在森林里面干些什么。他应该给她采花，给她讲故事，专门给很小的孩子听的故事。他很喜欢那些故事。

M·杜拉斯：当他从山地圣母村回来的时候，他给纳迪娜写信了吗？

贝尔托夫人：我相信他。是的，他给纳迪娜写了不止一封信，但我从没读过。

M·杜拉斯：您和他曾经谈到过自杀吗？

贝尔托夫人：当然，和所有人一样。他从来不理解自杀。他说自杀需要超凡的勇气，而他无法理解这样的勇气。

M·杜拉斯：那天晚上，我有朋友看了电视，看到了"人们"如何对待他，辱骂他。

贝尔托夫人：我没有看。他们告诉我他一直靠着墙，在探照灯的光线下，警察朝着他喊："快说，你摸了她，混蛋！"所有人都在骂他，但他什么也不说。他的脸很可怕，很吓人。我想，他之所以会自杀，是因为人们把他说成是罪犯，说他侵犯了纳迪娜。绝对不会，我可以发誓。他从来没料到人们的想法会如此肮脏。他也没想到他们在毫无证据的情况下，居然给他安上那样的罪名。他疯了。我想做一些事情，指控那些逼迫他做出如此极端举动的人。您认为这可行吗？

M·杜拉斯：我觉得不可行，但我建议您试一下。

贝尔托夫人：我希望和您谈一下我的小达妮埃尔，她目前正在沃克吕兹的监狱。我收到很多她单位的领导和同事们的来信。他们一致认为，达妮埃尔很讨人喜欢，且做事非常认真。他们已准备好采取一切办法帮助她出狱。达妮埃尔还是个孩子。另一方面，她很爱她的父亲。此外，她担心她父亲会疯掉，她也担心父亲会阻止她和男朋友 J. 见面。

M·杜拉斯：安德烈·贝尔托对他女儿很严格吗？

贝尔托夫人：是的，非常严格。达妮埃尔是个 18 岁半的小女孩。她从没参加过舞会，一次都没有。因为她父亲不允许。他希望女儿是个正经的人，就像她现在一样。她说出真相是因为害怕。她希望能让她父亲开心。她也没有意识到这样做不对。她去找纳迪娜，是她所受的教育使然，她还像个小女孩一样。她曾经和她父亲一起搬家，一次在香槟省，一次在市郊。我一点儿也不担心。安德烈从没有很温柔地对待他女儿。对他的儿子，克劳德，他却很温柔。但是对达妮埃尔不这样。但她希望对父亲好一点。

M·杜拉斯：如果安德烈·贝尔托没有再见到纳迪娜，您认为会发生什么？

贝尔托夫人：我不知道。或许，时间长了，他就把她忘了。但我不确定。我不知道。

M·杜拉斯：如果"那些人"没有逼迫他自杀的话，他应该面临6个月的牢狱之灾，您知道吗？

贝尔托夫人：我知道。有人告诉过我。但是能怎么办呢？

不同的电影

这里，电影沉默不语。它的发展很难理解，它看上去一成不变，止步不前，只有相对它自己和它发展轨迹中形成的不动轴而言，它才是运动的。无论是表面的还是实质的变化，都不外在于电影本身，而是包含在电影内部。因此，它围绕着运行的这根不动轴，或者说固定轴，约束了它，将其封闭起来。什么也出不来，任何事物都无法减轻它的强度。

此刻我想到了斯图尔特·庞德（Stuart Pound）的《法典》（Codex，

1979）[1]，配上菲尔·格拉斯（Phil Glass）的音乐。电影没有过去，也没有未来。电影与有节奏的规律性做斗争。电影只是这个：规律性和在场。我们可以说电影的运动就是菲尔·格拉斯音乐的律动。同样地，我们可以说，电影的主题就是菲尔·格拉斯音乐反复传递给斯图尔特·庞德电影的律动。即便镜头时不时地会短暂停留在某些画面上——女人的脸、敞开的门、装饰布景。这些镜头与渐渐侵入的音乐完美结合。它们和音乐一起前行，并参与到音乐的循环里。我们也可以说，这是纯感知电影，需要领会图像和声音的同时性。就是这个，对于同时性的感知，感受其令人陶醉的本质。

电影不是被动展开，而是主动产生作用。很快，电影和观者之间就会达成一致……

电影不是被动展开，而是主动产生作用。很快，电影和观者之间就会达成一致。您来到了另一侧，属于电影的那一侧。这就意味着，虽然电影的固定轴不变，但电影的场域会向您靠近。而您，作为观者，会渐渐进入电影的场域。电影依旧在自己的轨道上，绕着自己的钢轴转动。这个轴就是写作。除此之外，除了斯图尔特·庞德的尝试之外，一切都是离题的谵语，是主旨的丧失，音乐性的丧失，也是力量和空间的丧失。一旦您和电影之间的桥梁被架起，您也就进入了电影的漩涡，进入电影相对静止的运动中去。电影的运动，它的频率，以及无法抵制的、相对静止的行进也同样对您起作用。

耶尔（Hyères）和迪涅莱班（Digne-les-Bains）是仅有的与金钱无关的城市，也是仅有的对电影葆有热情的城市。

---

[1] 获得 1979 年耶尔国际青年电影节大奖（Grand Prix du festival d'Hyères）。——原注

"进入奥蕾莉娅·斯坦纳的身体"

"我对她说：我将赋予您一个名字。

您把它念出来，您不知道为什么。但我请求您这么做。请求您不去理解为什么，只是重复这个名字。好像这其中有什么需要去体味的一样。

我对她说了这个名字：奥蕾莉娅·斯坦纳。"

伊西·贝勒（Isi Beller）认为，性行为在电影里是某种隐喻，当我们给某人命名、呼唤某人时所发生事件的隐喻。黑发水手进入奥蕾莉娅身体的过程，也是奥蕾莉娅·斯坦纳这个名字被刻入奥蕾莉娅身体的过程。在伊西·贝勒那里，奥蕾莉娅是这个隐喻的通道。这就是说，这既是刻入的过程，也是擦除的过程，如此循环。她无法抓住那个名字，她无法触及她脑中的幻想。她只能借助被入侵的身体来理解那个名字，仿佛名字被写入她的身体一样。

他说："奥蕾莉娅被卷入某种空间。在那里，名字的刻入和擦除过程不断循环。就是这个，奥蕾莉娅·斯坦纳的种族性高潮，犹太性高潮。"这些话引自伊西·贝勒。他还说，犹太人的过去是如此挥之不去，这将是出生在奥斯维辛集中营的奥蕾莉娅·斯坦纳所有经历的重复，即另一个18岁的奥蕾莉娅·斯坦纳描述的，她出生之时所发生的事情——由她导致的一对恋人的死亡：母亲产后大出血而亡，父亲为她偷了米汤之后上吊自杀。她在与陌生人交媾产生的高潮中，或者说，在某种隐姓埋名的卖淫活动中——与焚尸炉和集中营的无名无姓一样，不断经历这个双重死亡的场面。将名字刻入奥蕾莉娅·斯坦纳的身体，这样的说法使我信服和赞叹。但之后，伊西·贝勒将其上升为最初经历的固恋。这个观点就没那么使我信服了。出生的场景很神秘，也很难弄清楚。同时，这个场景也显得很有必要。我相信确实存在更普遍的历史性记忆。我相信作为孩子的奥蕾莉娅·斯坦纳会知晓所有与她出生相关的细节。我也相信她能将其他残忍的遭遇——任何奥斯维辛集中营白色矩形地的犹太人可能经历过的残忍遭遇——化为己有。

尤登

对我来说，当黑发水手将奥蕾莉娅·斯坦纳的名字改为尤登[1]时，那不是侮辱。他只是被掌控着犹太种族和奥蕾莉娅·斯坦纳身体的厄运所裹挟，进而失去了抵抗。他没有意识到自己已经不再叫她的名字，而是用她的种族替代了她的姓名。这么做的同时，他也被卷入了疯狂欲望的漩涡。"尤登"这个词使他超越了自我，失去了理智，正如在疯狂欲望的驱动下大声喊出的词。奥蕾莉娅·斯坦纳与这个词混同。这个词伴随着她的高潮，这个词使她和集中营白色矩形地内死亡的情侣相会。

……他只是被掌控着犹太种族的厄运所裹挟，进而失去了抵抗……

在你的作品里，有名字的人物总是与佚名的人物共存。例如沙湾拿吉（Savannakhet）的女乞丐。

这事关名字的消失。正如安娜·玛丽·斯特雷特婚前的名字——瓜尔迪（Guardi），它被刻在墓碑上，几乎难以辨认。那个女乞丐，她已经完全不需要名字了。她没有忘记自己的语言，却忘记了自己的孩子们；她没有忘记自己的出生地——马德望，但她忘记了自己的名字。至今依然有人记得瓜尔迪和威尼斯的名字。但在这个世界上，再没有任何人记得那个女乞丐的名字。

---

[1] Juden，德语里是犹太人的意思。

梦

　　《伊甸园影院》（*l'Eden Cinéma*，1977）在奥赛剧院上演。
一天晚上，在该剧演完之后，我梦见自己走进有很多柱廊的房子。房
子内部有很多游廊，游廊很深，一直引向庭院。一进入这个房子，我
就听见卡洛斯·达莱西奥（Carlos d'Alessio）的曲子：《伊甸园影院》
里的华尔兹。我对自己说：瞧，卡洛斯在那里，他在演奏。我叫了他，
但没有人回应。我母亲从音乐传来的地方走了出来。她已经死了，并
且开始腐烂，暗绿色的脸上都是窟窿。她微微笑了一下，对我说："是
我在弹奏。"我对她说："这怎么可能？你已经死了。"她对我说："我
让你相信我死了，你才能书写这一切。"

黑

当我和伊西·贝勒谈起没有影像、纯黑的、只有文本阅读声音的电影时，他非常震惊。他说，这可以解释我大部分电影作品的最基本元素：黑色。当然，在我的电影里，文本和图像之间绝对不是同义叠用。在贝勒看来，文本和图像之间插入了黑色。他认为黑色是通道，通向"非‐思"（non-penser），即思想失去平衡、渐渐消失的阶段。 他认为思想的消失与高潮的黑色和死亡相连。在观众那里，这表现为某些事物向观众敞开，观众并不需要像他们观看商业电影时那样努力使图像与话语相对应。这里，在我的电影里，他不需要解码，他只需任电影摆布：电影在他身上打开的地方，慢慢让位于连接他和电影之间纽带上的某个新事物，这个事物与欲望有关。按照伊西·贝勒的说法，明确提及的和隐晦带过的事物将在黑色时间里重聚。

你曾说："当我们阅读时，我们找到自我。当我们去看电影时，我们迷失自我。"当我们去看你的电影时，我们不再迷失自我，而是在黑暗中找到自我。

是的，或许黑色确实是一种译码空间。我们在其中，任凭这部电影摆布，而不是其他电影。在这个空间里，你应该不知不觉地在自己身上创造电影的接受空间。在《奥蕾莉娅·斯坦纳（温哥华）》中，当声音消失时，我们谈论着昏暗的光线，谈论着眼睛和头发，谈论着镜子中的身体，谈论着模糊的图像和它渐渐显露的美。这一切都在如大块花岗岩般的黑暗中进行。撞上这些花岗岩，我们可能会受伤，甚至被撕裂。我不仅仅在电影院里。顷刻之间，我去了别处。那个存在于我自身内部的不明区域。在那里，我能认出从未见

过的事物，但却无法理解。在那里，所有一切都融合到了一起：伤口、
黑色花岗岩的冰冷与锋利、受威胁的图像所带有的温热。图像与话
语的吻合显然使我感到无比幸福和满足。

猎人之夜

我总是忘记电影的开场。我总是忘记真正的父亲已被杀害。我总是把杀害父亲的凶手和父亲弄混。我并不是唯一搞错的人。据我了解，很多人犯过同样的错误。仿佛这位父亲只有从被杀害的那一刻起，才具有现实感。无论这种现实感源自那位凶手，还是他所参与的生活。在《猎人之夜》里，我没有看到被创造出的生命，但我看到了被创造出的死亡。我看不到那位父亲，直到以他为目标的谋杀使他真正受到认可。这部电影我看了四遍，但我依旧会犯同样的错误。我无法直视那位父亲活着的样子。在他被杀之后，我在他身上看到了凶手。他的位置被凶手占据。就是在这个错误之上，我理解并建构了查尔斯·劳顿（Charles Laughton）的电影。

在我看来，母亲和父亲一样没有存在感，也和父亲一样被杀害了。但母亲是被生育、劳作和贫穷杀死的。我认为这不是偶然。在我看来，电影的开场被做了假，查尔斯·劳顿不敢直接让父亲变成杀害孩子们的凶手。我替他这么做了。我说：凶手就是那位父亲。孩子们出生之时，即他们如同离开出生地一般离开母体时，经历过同样的血腥屠杀。总有一天，分离会完成：摆脱母亲本需要花上20年的时间，在这里，只用了3年。

孩子们很小，而自然却巨大无垠。他们走下街道，然后顺流而行。

孩子们很小，而自然却巨大无垠。他们走下街道，然后顺流而行。他们走在稻田间，走在路堤和斜坡上。他们沿着尼罗河和湄公河一直走。他们穿过沙漠和沙漠间的直道。他们所有人都向南而行。罪犯父亲骑着马，带着武器。被剥夺了童年的孩子们光着身子。在他们周围，是大陆的南端，不知名的国度。一切都那么平整，如潟湖一般，极易被覆盖。我们可以清晰地看到前方，但前行的道路没有尽头。这是不间断且有规律的发展。为了逃离罪犯的追捕，孩子们只能不断前行。与罪犯的孤独相吻合的是一马平川的荒芜。前进，没完没了。这样的前行可以持续 20 年，但道路却没有一丝一毫的改变。罪犯只想要孩子们藏在破烂布娃娃里的钱。罪犯一边呼喊着孩子们，一边哼唱着呼唤上帝同情的黑人灵歌〔《摩西》（Moses）[1]〕。《摩西》所暗示的他与孩子们之间的距离，也是孩子们与死亡之间的距离。当死亡远离时，这首歌是休息的信号；当死亡靠近的时候，这首歌是逃亡的号角。当所有人都觉得追捕接近尾声之时，我认为电影才刚开始。孩子们的船在河岸上搁浅。他们睡着了。和电影里面经常出现的桥段一样：有位老妇人经过那里，她象征着慈善，她收留流浪猫狗和走失的孩子。她当然也收留被追捕的孩子们。我们终于能呼吸了，因为我们不再为他们的命运担忧。对于我来说，真正的《猎人之夜》电影在这里才开始。它只持续了 10 分钟。但在我看来，它所达到的广度是所有美国电影望尘莫及的。

……所有人……都是美国电影动物寓言中的完美原型。

在进入这部片子中真正的电影部分之前，我有句评价。我注意到《猎人之夜》中所有人——孩子、父母、凶手和老妇人都是美国电影动物寓言中的完美原型。这类寓言根据不同的社会环境选择相应的人。作为个体的人在电影里是缺失的，正如在所有美国电影里那样。美国电影里的人只具有角色功能，即作为不同社会阶层的代表。我觉得，或许美国电影最大功效地追求最本质的平庸：日常的消费商品。没有

---

[1] 英文版中主角"父亲"哼唱的歌曲叫《倚在永恒的臂膀上》（Leaning on the Everlasting Arms）。——编注

作家。我们可以保证，绝对没有任何让人始料未及的事情会发生。这部影片的结局尽在意料之中：作为罪犯的父亲会被逮捕并得到惩罚，而孩子们最终会被解救。

但这里，真正的电影部分来了，《猎人之夜》中暗藏的第二部电影。类似于某种集会。追捕结束之后的那天夜晚，人们都聚集起来：既善良又严厉、疯疯癫癫但效率很高的老妇人，天真无邪、永远"逍遥法外"的孩童和作为儿童杀手、嗜鲜肉又恋腐肉、如空袋子一般贪得无厌的父亲。他们都聚集到了一起。他们集合的地点位于老妇人的房子、围绕着房子的花园以及途经房子的大路之间。这个被我称为《猎人之夜》中的奇迹事件就发生在那里。在这些人之间突然建立起了某种无法预料的关系，这种关系超越了所有符码、所有分析。首先，是老妇人创造的，继而被罪犯模仿和继续的某种行为。这些差异如此之大的人之间突然有了共同点，他们掌控了电影的走向，决定了电影的命运。仿佛电影的作者突然出现，将整个电影和盘托出，并最终获得自由。突然之间，我们无法理解眼前的事情以及之前目击的事情。我们是如此习惯于美国电影的老套路。顷刻之间，一切都变了。电影里所有的叙事元素变成了虚假的线索。我们在哪里？善在哪里？恶在哪里？罪又在哪里？电影失去了寓意。这部电影不再是 50 年来美国电影的经典寓言。它的结局不再恪守意料之中的套路，我们无法预知电影的发展。我们不知道如何思考眼前发生的事情：孩子们围在老妇人周围，形成温柔而不可侵犯的整体，孩子们彼此之间没有差别，紧紧环绕在老妇人身边。同样地，钱也被紧紧封锁在小女孩的破布娃娃里。这一系列

这些差异如此之大的人之间突然有了共同点，他们掌控了电影的走向，决定了电影的命运。

嵌套非常明显。孩子们形成的整体位于牢固的房子里，但房子有不少和外面相通的开口处。通过这些门和窗，我们可以看到孩子们，孩子们也能被外面的人看到。同理，通过这些开口处，我们能看到罪犯，罪犯也能看到孩子们和老妇人。从这些开口处，我们还能观察到老妇人没有任何工具足以抵抗罪犯。而作为杀手的"父亲"，英俊迷人，笑容可掬，傲然坐在黑马上，有着运动员似的宽阔肩膀。他是如此年轻，简直是恶的化身。我们知道，一旦他进到屋子里，他肯定可以微笑着杀死老妇人和孩子们。任何事情都无法阻止他，而他自己也不会有一丝一毫的改变。然而，因恶行累累而变得不真实的父亲已经受到了死亡的威胁，染上了死亡病毒。通过他想要带给别人的死亡，死亡病毒也在渐渐靠近他。那天晚上，在这个聚集了所有人的地方，谋杀事件的完成度本可以到达极限，人类历史的诅咒也将完整重现。我们可以说，对于孩子们而言，从那一刻开始，罪犯将永久地成为某种恶的神圣化身，令人厌恶，但无法接近，更无法直视。

谋杀皮埃尔·戈尔德曼的凶手们也被同样的死亡病毒所感染。他们已经死去，但他们却不自知。他们对自己活死人的身份一无所知。他们已经被剥夺了生命。这让人想起收成不佳的季节，让人起歹念，让人想将死亡作为回报赐予他人。这些穿着球鞋、步履轻盈、行动迅速的年轻人如同尸体一般。为了 100 万旧法郎，他们杀死了皮埃尔·戈尔德曼。为了 100 万或者 1000 万旧法郎，他们杀了人。甚至不知道受害人是谁。他们这些人没有存活的必要了。

他就在那里，电影里的罪犯，英俊潇洒，笑容可掬，骑在黑马上，他透过房子的门窗，看着孩子们暴露在外的身体，如同饥饿的人盯着食物，受冻的人看着火苗。我们确实可以看到房子里有一把别致的步枪，但它看起来如同装饰物一般，只是用来吓唬人的。在美国传奇里，老妇人代表着善良和爱，她不会杀人。既然无法杀死罪犯，那么她就发明别的东西。为了度过那个夜晚，为了度过时刻被死亡威胁的时间，老妇人想到了歌唱。月黑风高之夜如同长河般流逝。老妇人唱起了《摩西》。她创造性地唱起了罪犯哼唱的歌，用歌声召唤上帝。在房子内部与外部之间、在罪犯与无知的孩子们之间，老妇人用歌声竖起了无形的屏障。奇迹就在这里。随着歌曲的进行，罪犯也在发生改变。某种恩泽——老妇人和孩子们共有的恩泽——正渐渐向他靠近，在他心中升起，越过丑恶，越过死亡，仿佛穿过整个生命的童年。突然，和无边无际的童年相比，杀人的欲望显得太过天真。突然，他所犯下的罪行仿佛属于孩子特有的任性和执念，又如永远无法满足的贪食欲望。老妇人不断重复着歌曲。那天夜里，她的歌声穿过罪犯所象征的无法容忍的罪恶，直达罪犯的内心。罪犯也跟着老妇人唱起来。两人的歌声遥相呼应。[1]老妇人的歌声打开了通往无尽童年的大门。在罪犯那里，童年已被罪行掩盖。但谁会相信呢？完整的童年依旧在那里，在假父亲那里，也在别处，在老妇人那里，也在孩子们那里。看吧，他们碰面了。罪犯跟着老妇人一起高声歌唱，仿佛置身于教堂。他们都知道这首曲子，连孩子们也知道。我觉得罪犯并没有意识到他在歌唱。他确实在歌唱。他听到歌声，不知不觉地和老妇人一起唱起来。就像我们看见有人在跑时，也会不知不觉地加入跑步队伍中去。他和以前一样歌唱。以

---

[1] 英文版电影中是罪犯"父亲"先在院子里唱起了《倚在永恒的臂膀上》，屋内的老妇人随后唱和，且把父亲哼唱版本的歌词"Leaning, leaning"改为"Leaning on Jesus, leaning on Jesus"。——编注

前？在什么之前？或许如歌里所唱的那样，在世界诞生之前。老妇人为他歌唱。首先，她唱歌是为了让他知道她在那里，也为了和他保持距离：她在那里，很清醒，并且照顾着孩子们。然后，她唱歌是为了让罪行远离孩子们：罪行被干扰了，忘记了杀戮的同时，也在一瞬间内使罪犯脱离了自己无法掌控的欲望。为的是能让孩子们清静一个晚上。接着，她又唱起来。歌声首先像是战书。然后，那位父亲也开始跟着一起唱。渐渐地，歌声变得欢快，犹如节日乐曲。罪犯和老妇人一起歌唱生活，歌唱最后的父亲节。直到第二天早晨，孩子们都沉浸在这歌声中。他们声嘶力竭地歌唱。歌声到处回响。大家都无法入眠。那位父亲依旧没有意识到自己在唱歌，他可能永远也意识不到。整个夜里，歌声构成了无法跨越的墙，阻挡了罪行。天亮之后，歌声才停止。罪行、工作、不幸与盲目的现实如期而至。《猎人之夜》的结尾显然是个庆祝会：罪犯与将自己从罪恶中拯救出来的力量协作。这样的罪恶无所不在，在他身上，也在别人身上，比如在那些杀害皮埃尔·戈尔德曼、穿着篮球鞋的杀手们身上。罪犯无法依靠自己的力量摆脱罪恶，是周围的人帮助了他：孩子们和老妇人。罪犯无法感知他自己的生命。

夜晚结束之时，孩子们在罪犯身上找回了他们的父亲，找回了他们的爱。

夜晚结束之时，孩子们在罪犯身上找回了他们的父亲，找回了他们的爱。一夜间，他们听到父亲在高声歌唱。和他们一样，父亲为了歌唱，忘却了一切。仿佛在这之前，孩子们一直都不了解他，一直都不知道他作为父亲的失责，甚至直到刚才，他们还认为父亲仅仅扮演罪犯的角色。罪犯和受害者的重逢之夜。父亲在创造生命的同时创造了死亡。我认为有关真假父亲的困惑之处就在于此。

这是个启蒙之夜，孩子们了解到"恶"的神秘，同时，也认知到"恶"无尽的相对性。夜晚结束之时，父亲身上散发出来的"恶"最终离开了他，进入别人的身体，如那些逮捕罪犯的警察们的身体。"恶"在孩子们眼中的杀手和意欲除掉杀手的人之间传递。这是决定性的。孩子们看到他们的父亲被逮捕，并最终因他们而死。他因迫害孩子们的强烈欲望而死，孩子们是他的死因。这样的启示令人震骇。对真相的认知也一样。我们想到了摩西，他脑海里全是上帝，但无法言说，只能叫喊。孩子们叫喊着，全身心地奔向他们的父亲——想要杀害他们的凶手。尽管他们的生活曾经充满了暴力，但他们依旧逃离了老妇人，投入父亲的怀抱。因真相和爱而备受震撼的孩子们义无反顾地跑向他们的父亲，将布娃娃里的钱和他们的身体都献给了父亲。父亲对那笔钱觊觎已久，对钱财的渴望也是父亲想要杀害他们的原因。不，孩子们不能背叛他们的母亲，那笔钱是母亲留给他们的救命钱。这里，所有的一切都变得错乱颠倒，所有的道德都被悬置。孩子们的行为已经脱离可分析的范畴，且无法控制。没有任何事物可以阻挡他们，任何人都想象不到他们居然如此不理智，这就是孩子们的爱。

电影的结局：在获取钱款之前，真正的父亲被逮捕。孩子们毫发无伤。罪恶得到惩戒。但可能已经太迟了。这样的结局使波特兰、盐湖城、俄勒冈州、芝加哥、巴黎和柏林的观众不知所措，最终导致电影的失败。

很奇怪，对我来说，《猎人之夜》的结局和《诺言》的结局是一样的。当太阳升起或者夜幕降临时，疯子来了，和孩子一起，并向他诉说着永恒，我听到了《猎人之夜》中的歌声。两部电影的转变都发生在同样的聚集场景。同样的时间流逝，平静而难以言喻。房子内部的安静反衬出疯子和孩子的快乐，他们拒绝死亡。当他们闯入房子的客厅，我们听到了疯子高声诵读的嗓音，嗓音如此尖锐，其中还混杂着孩子的笑声，如小鸟的叫声一般。这些声音，喋喋不休，回荡在母亲去世后甚为寂静的空房子里。这不禁让我想起《猎人之夜》拂晓之时扬起的混杂歌声。这是无法被喊出的叫声，无法被吼出或唱出的歌声。

书与电影

《新政治家周刊》（New Statesman），1973 年 1 月

那是战前的一天晚上，在勒阿弗尔（Le Havre）的街区影院里，两位妇女观看了一场电影。在那个年代，电影放映不仅有电影，还有时事新闻。那晚之前，两位妇女从未去过影院？还是她们总是以"那样的方式"看电影？目击者无从知晓。事实就是这两位妇女根本不知道时事新闻的存在。那天晚上，她们以为幕间休息之前播放的那段片子是电影的第一部分。这样的夜晚让她们觉得很扫兴？一点儿也不。据坐在她们身后的目击者说，在经历了些许迟疑和各种推理假设之后，她们很成功地将时事部分融入了电影的主体叙事。而且用时很短。很快，她们就决定了影片的内容。她们所看的"电影"里，人们在历经各种波折之后观看了一场球赛——为什么不呢？——当他们观看球赛的时候，市长在别处为新建的桥梁举行落成仪式。与此同时，在另一个地方正在地震等等。电影的开头被溶解在最日常最熟悉的情境中。在这之后，电影的主体叙事才开始，直至电影结束。

当然，这样的——如此具有创造力的——观影者已不复存在。人们也不需要通过学习来认识电影的句法。7 岁的孩子就能透过电影的剪辑看懂一部电影。但不变的是：电影的观者创造了电影。书有预设的门槛，而电影没有。观影实践足以使人成为观影者。

这就是电影与其他事物的主要区别所在。电影拥有为数众多——最多——的观者，也是最野生且未受规训的观者。

一天早晨，你从家里走出来，天空很蓝，阳光明媚。一跨出家门，

你就受到了来自蓝天和阳光的冲击。你体内生理或精神层面的某部分有机体迅速将这样的感觉转化为："早晨，天真蓝，有太阳"。之后，这般一闪而过的感觉将被流经的时间所覆盖。如果你想向朋友强调这样的感觉，你可能会尝试着将其转化成一句话，无论是口头的还是书面的。你会对朋友说，在怎样的情境下，如一个晴朗的早晨，你出门的时候正巧迎面碰上了蓝天和太阳。或许，这就是你经历过的日常事件最普遍的命运。但这些事件还可能有与此不同的命运，例如有幸被改编成诗歌或者电影。

在所有叙述方式中，电影可能是最后的选择。因为电影的门槛——由于其技术性——最高，离事件本身也最远。事实上，恰恰相反，电影是最适合重现事件冲击性影响的方式，如"早晨，天真蓝，有太阳"。电影也是最适合把对事件的感受传递给大量观众的方式。由沉默且不可见的句法联结起来的、近乎同时发生的两张影像和简简单单的几个字就能再现原先的感觉，且不需要只言片语。这为数最多的观众，是谁？来自哪里？

电影人针对电影所做的工作——我们不提由于技术设备问题给工作带来的麻烦和阻碍——与作家针对书所做的工作处于不同层面。在抵达电影层面之前，书是电影人的必经之路。虽然真实的写作不会发生，但在创作链中，书具有与写作同样的价值。电影人必须借助书给阅读定位，这也是观者的位置。好好看看某些电影：这些电影像书一样需要被阅读，书写的情节在其中一目了然。有意或无意掩蔽的写作过程都是可见的，书写的地位以及整个书写轨迹都是可见的。（显然，我们谈论的不是由畅销食谱制造出来的商业电影，这些电影与任何书写相悖。）

在创作层面，电影人的位置与作家相对于其作品的位置完全相反。我们能不能说在电影里书写是反向的呢？我觉得或许可以这么说。电影人只有在观者的位置上才能看他的电影，读他的电影。而作家始终在黑暗中书写，任何阅读都是不可能的，即便是主动接近文本的人，他所写的东西依然显得难以理解。电影人则位于作家所处的黑暗之后。写过一些书之后再拍电影，就是——相对于待做的事情而言——换了下位置：相对于未完成的书而言，我在书之前；相对于未完成的电影而言，我在电影之后。为什么？为什么我们觉得有必要换位置，并且放弃先前的位置呢？因为做电影，就是以书的创造者——作家——为对象进行破坏行为。做电影，就是使作家无效。

无论他是"空壳"书的作者，还是"内容充实"之书的作者，无论是作为电影人的作家还是平常意义上的作家，事实上，所有作家都会被电影摧毁。但这并不妨碍作家的表达。作家被摧毁时留下的遗迹成为真正意义上的电影。作家想要表达的内容变得光滑，一如由影像铺设的道路。

从未写过书的人和作家之间的距离要小于作家和电影人之间的距离。没写过书的人和电影人都没有触及我称之为"内部阴影"的东西。"内部阴影"存在于人体内。除了通过语言，"内部阴影"无法从体内流出。而作家却可以动用它。事实上，作家启用了全部的"内部阴影"，并还原了这种共有的、本质意义上的安静。所有阻碍作家进行还原的行为——如电影——都会导致被书写话语的倒退。电影的文字表达功能和语言是不一样的。电影使话语走向最原初的安静。一旦话语被电影摧毁，它就无法再次出现在任何地方、任何书写之中。在电影人那里，习惯性的话语毁灭已成为某种创作经验。

对我而言，电影的成功根植于写作的溃败。电影最主要的且具有决定性的魅力，就在于它对写作的屠杀。这场屠杀如桥梁一般，将我们引向阅读本身。甚至比读者所在的位置来得更远：直至当今社会所有人必然要经历的"忍受者"的位置。我们可以换一种说法：无论出于有意还是本能，几乎所有的年轻人都会选择电影，他们的选择具有政治性。想要做电影，就是想要接近"忍受者"的位置：观众的位置。与此同时，他们绕开或摧毁了——被赋予特权的——书写阶段。

被资本主义视作淫媒的电影，自其诞生之初，已经培养了 4 到 6 代观众。横亘在我们面前的是如喜马拉雅山一般高的影像堆，这或许也构成了现代史上最大的蠢话录。和无产阶级历史并行的还有作为补充的无产阶级压迫史，如奴役无产阶级的资产阶级，借助无产阶级每周六去看的电影，来掌控无产阶级休闲时光的历史。好几十年间，只有资本家才有钱拍电影。进入电影行业是一种阶级特权。在我们看来，这并不意味着目前的情况有所改观，只是没有之前那么绝对而已。但对于这"些许改观"，我们只需看看商业电影人们的愤怒便可知晓，他们是多么希望成为世界电影的主宰。我有次曾听到亨利·韦纳伊（Henri Verneuil）谈论《电影手册》，他是如此愤愤不平。即便《电影手册》的读者们远远没有亨利·韦纳伊的电影观众多。想要拍电影，也意味着想要走出资本主义电影消费者的角色，从中挣脱出来，并且阻断这种条件反射式的消费。很显然，这种条件反射式的消费是所有消费恶性循环中最完美的一环。我们通过拍电影来控诉。我们可以说，（相对于作为消费品的商业电影）所有平行的电影都是在控诉。

书，电影

今天早晨，我不得不将《副领事》的结尾与我几年前写的文章做对比，并扪心自问是否在书的结尾处使用了这篇文章。所以，我重读了《副领事》的部分内容。真奇怪，我突然意识到自己早已忘记了这本书。我之所以会遗忘，是因为电影占了上风，因为我拍了《印度之歌》。与书的重逢使我激动之余倍感惊叹。在阅读过程中，《印度之歌》逐渐消散。

劳儿·瓦·施泰因（Lol V. Stein）却被封存在书里，安然无恙。至于巴黎的奥蕾莉娅·斯坦纳，那个生活在黑塔里的 7 岁小女孩，或许我不该以她为主题拍摄任何电影。那样，她就可以永久地存在于书里，宛如绝对且无法复写的邀约。这真让人受不了。

奥蕾莉娅，奥蕾莉娅，二

奥蕾莉娅，孩子，我的孩子。沙塔拉（S Thala）舞会重新开启。观赏舞会的是奥蕾莉娅。奥蕾莉娅从劳儿死去的躯体中走出。奥蕾莉娅代替了我。在我的位置上。完成。沙塔拉的沙地，疯子们散步的地方，还有海，到处都空空荡荡。沙塔拉赌场里朝向落日的大阳台也空了。冬天，我们能听到大海发出的轻柔的簌簌声响。是的，她的眼睛是湛蓝色的，天黑的时候又变成清澈无底的暗黑色。她有着一头黑色的秀发。她唱着歌：现在，是她在哼唱着沙塔拉舞会上的乐曲，正如她哼唱犹太歌曲一样。是的，有风暴的日子里，她来到海滩，听着风的吟唱，感受大海令人难以置信的迷惘；她转身，朝向陆地上空旷的深渊。奥蕾莉娅，她感受过痛苦，也感受过快乐。看。看过电影的人曾以为奥蕾莉娅在远方的城市里真实存在过。我所做的只是千方百计获取她所写的东西并将其拍成电影。"您知道吗，奥蕾莉娅·斯坦纳真的存在，我们听到的不是您的声音，而是她的声音。您创造了完整的她，她与您分开，独立生活。我独自站在奥蕾莉娅·斯坦纳面前，这使我颤抖。"〔我不认识的塞尔日·勒普鲁（Serge Leproux）的来信〕

奥蕾莉娅，奥蕾莉娅，三

她确实离开了我，这是真的，电影里也确实是她在讲话。我只不过倾听并转译了她的声音。她所说的每一个词，她说话的每一秒钟，我都异常专注。每一秒钟，我都专注于赶上她的语速，并保持在她之后。我只记录她所写的东西。那些东西刚刚从她那里离开，还未被表象所覆盖，几乎不带任何含义。

与奥蕾莉娅·斯坦纳与众不同的力量相比，电影无足轻重。电影《奥蕾莉娅·斯坦纳（温哥华）》是不可能完成的。但它被拍了出来。电影本身值得称颂，因为它甚至没有尝试去修正它的不可能性。它陪伴着这样的不可能性，如影随形。

做电影，看电影

我想我们看电影和做电影的原因是一样的。我的挚友们并不去看我的电影，而去看别人的电影。他们都读我的书，但他们未必都会去看我的电影。他们没有意识到我做电影的原因，他们说，没那个必要了。

我也是，每拍一部电影，我总会感觉到没有必要。但我们也可以拍那些没有必要拍的电影。这些日子，我不拍电影，转而做起了《电影手册》这期特刊。

1979 年 8 月 25 日

在我的日程本里，1979 年 8 月 25 日下面写着："大海是灰色的，在地平线那里变成了黑色，它平整、沉重，如铁一般密实。静止的帆船，尘封在铁海之上。沙滩上散步人群的身影，远处地平线那头的黑色。然后，起风了。下午，一切已然散去，变成蓝色，恢复了运动。"这是我开始写《奥蕾莉娅·斯坦纳》的几天之后。在我给某人寄去写在蓝色明信片上关于大海的句子之后。

踩点

　　没有必要去加尔各答、墨尔本或温哥华，所有一切都在伊夫林省（Yvelines），在诺夫勒（Neauphle）。到处都是。一切都在特鲁维尔。墨尔本和温哥华都在特鲁维尔。没有必要去找原地就有的东西。现场总有地方在召唤着电影，只需要我们去发现。

　　我们经常认为特定的外景会对电影有所帮助。然后，我们就去找那样的外景，但我们永远也找不到。踩点之前，我们不应有任何预设，任何想法。应该让外景走向你。举个例子，在奥斯维辛吊死的孩子。我起先对他身后的背景画面一无所知。但当我走过莫尔德河右侧那排白杨树时，我对自己说：就是这里。或者那些没有预想到要拍电影的时候看见的图像。这些图像在电影拍摄期间又回来了。例如勒布德荷（Le Poudreux），塞纳河航道里运输非洲木的港口以及翁弗勒尔（Honfleur）老港废弃的火车站。

　　我曾经拍过电影的地方也会燃起我重回故地的欲望。我经常回到以前拍过电影的地方拍摄。《奥蕾莉娅·斯坦纳》里德国的蓝天、多雨的天空，也是《卡车》里与写作和睡眠有关的天空。它们都是固定镜头拍摄的。镜头里的天空就在那里，不同的是它们的颜色。《奥蕾莉娅·斯坦纳》里的天空是 10 月耕地的黑色；而在《卡车》里，天空仿佛被 1 月浅绿色的绒毛覆盖。它们的区别还在于光线。《奥蕾莉娅》里的光线非常强烈；而《卡车》里的光照则更为柔和，呈乳状。我幻想着回到曾经拍摄过的地方进行拍摄。罗思柴尔德宫荒废的公园里满是乞丐的身影，在那里，副领事正迈步穿过空旷的网球场。在我的房子里、在欧尚超市广阔的空地上、《卡车》里妇人游荡的空间、晚上她落脚的地方。这些对于我来说都是催生电影的地方，因为曾有影片在那里拍摄。我也想在巴黎拍电影，《否决之手》里殖民地的大道，梅尼蒙当（Ménilmontant）的集市，那湄公河再向东，贝尔西区（Bercy）的那一侧。我知道巴黎那些会让人误认为是亚洲的地方：雷诺汽车厂前面，圣日耳曼岛的白杨树后面，堆积成垛的藤，延伸至暹罗边缘的丛林，前方是灯塔和吊唁亡者的灯笼。

蒙特勒伊走钢索的年轻人，
让巴黎万人空巷

他才 15 岁，入行已经 10 个年头。
《法国观察家》，20 世纪 60 年代

"你会害怕吗？"

"我从来不害怕。我侄女今年 3 岁，有时我带着她一起走钢丝，她一点儿不害怕。"

"有安全网会不一样吗？"

"在有些省，必须有安全网。在别的省，规定就没这么严格。对于我和我父母来说，这没什么不同。"

"钢丝有多高呢？"

"25 米。有桅杆的话，40 米。但如果有桅杆，我就不需要安全网。这是允许的，正如在河面上也不需要安全网一样。"

"来蒙特勒伊之前，你是做什么的？"

"在离巴黎不远的地方，我们负责连接房屋和铁塔之间的电线。电线有 390 米长，我可以在上面骑摩托。"

"没有安全网的保护。"

"是的。那是个允许不带安全网工作的省。我不知道具体在哪里，那里有个名叫索瓦日（Sauvage）的村庄。我常去钓鱼，我很喜欢钓鱼。"

"你做过最困难的事情是什么？"

"是我穿越卢瓦尔河（Loire）的那天。天很冷。我们已经等了 3 周。天还是一样地冷。我们受不了了，就开始穿越卢瓦尔河。路线很长，有 500 米。到达中间的时候，电线晃动得很厉害，幅度有 1 米多，这也是不可避免的。我们需要穿着木屐穿越。电线上的薄冰让整个过程变得异常艰难。但我成功了。"

"你的工作量大吗？"

"夏天的时候不大。冬天的时候，我和爸爸每天工作三四个小时。我们不能 3 天不工作。我学会了在电线上连跳，这很危险，也很难。"

"这是最难的？"

"不是，难的是在线上踩高跷。我爸爸之前会走高跷，但他出了事故。在连跳之后，他会教我如何踩高跷。"

"你有时间去上学吗？"

"里昂的一个神父教过我认字，我学了 3 个月。但我会说法语、英语和德语。"

"你从没有害怕过？"

"没有，但是在桅杆高处，我会很小心风，风会使绳索晃动。"

羚羊

150 年前的一天，在摩洛哥海岸，成千上万只羚羊成群结队跳入海中。它们争先恐后，相互推搡，最终溺死在海里。它们来自整个非洲，无论是丛林、热带草原还是大山。约定的时间，约定的地点，它们聚集在一起，共赴黄泉。它们来自不同的地方，离集合地点的距离也不同。很显然，它们出发的时间肯定也各不相同。对于某些羚羊来讲，整个旅程可能持续好几天，好几周，甚至好几个月。如果说莫桑比克的羚羊在 4 月的残月之时就得出发，那么几内亚的羚羊应该在 6 月的满月之时才启程。关于出发的日期和时间，羚羊们下意识接收到的、具有神意的指令给出了非常精准的期限。羚羊中的每一只在特定的时间踏上征途，朝向特定的方向前行。这样的决定似乎不源于任何外在的指令。恰恰相反，据我猜测，它们的行为取决于个体意愿。这样的决定服从于未知的定律，正如羚羊们下意识地选择在某片热带草原嬉戏。和鹳、野鹅和燕子不同，羚羊不属于迁徙物种。它们不习惯离开丛林。但它们还是离开了。对于羚羊这个物种而言，这可能是唯一的，或者百年、千年一次的命令。人类对此一无所知。我们也无从知晓。它们从丛林里出来，朝着死亡的方向前进。但这不是非洲所有的羚羊，只是其中的几千只。所以，只有一部分指定的羚羊出走了。这是细微的区别，但也令人感到恐怖：只有一部分。种族延续的逻辑，即深藏于种族内部、令人费解但足以吞没一切的规则，与生命本身巨大无比的荒谬之感同样令人信服。

变化

书卖得很好。相对而言，书现在比电影卖得更好。出版业再次兴旺。当下，人们之所以重新开始阅读，并不像某些人所说的，是为了忘却由电影等构成的社会袭扰。他们只是想借此走出由袭扰及其在电影中的再现给他们带来的种种烦恼。

……现今，人们已经不经常去电影院了。以前，我们或多或少都觉得应该去看场电影，而现在我们已经不这么想了。

另一方面，现今，人们已经不经常去电影院了。以前，我们或多或少都觉得应该去看场电影，而现在我们已经不这么想了。这其中有很多女性。也有很多年轻人。很多电影技师。我们会去看某些电影，但不是评论里谈论的电影。我们属于少数派，这其中大部分是知识分子。但总是这样开始的，以一小撮知识分子打头阵。此外，还有一些拒绝购买和观看电视的人。

变化

这会持续一年零两个月。我们每天都会看到。在 400 天内，他们会强迫我们每周看上好几个小时电视。我们还得出特许权使用费。我们的慰藉就是知道成千上万的人和我们的境遇一样。我们有着同样的动物性，我们都会在无聊中沉沦。虽然相距甚远，但我们总会重逢。因为我们住在同一片土地上，同一个国家里。这是一种新的博爱。一天，一个佛兰德人和一个匈牙利人发现了农业发展史上最伟大的变革：铁犁铧。这与人类历史处在同一时期。

让·波扬，阅读手稿

（1960 年，未发表）

玛格丽特·杜拉斯：让·波扬（Jean Paulhan），很大一部分法国文学作品都经过你们的手，无论这些作品最终是否被出版。你们从这样的经历中获得了什么呢？

让·波扬：我们认识到文学，无论好坏，都是有用的。即使有时它令人生厌，但它总是代表着作者的某种进步。我认为，从这个层面上讲，没有任何事物是令人泄气的。

正因为此，我才有过这样的想法：将那些年被拒绝的手稿不定期地发表在圣经纸[1]上。

玛格丽特·杜拉斯：难道不存在一本糟透了且完全无用的书？

让·波扬：我从未读过这样的书。或许有，但我从未读过。从来没有。

在我看来，一本书里总有值得借鉴的地方。

玛格丽特·杜拉斯：我们为什么写作？

让·波扬：我认为文学总能教作家以前所未有的、更精确、更完整的方式看待自我、看待世界。认识世界、认识自我很难。这其中的原因很清楚：当我们观看时，我们分散了一部分注意力和思考力，以至于我们观看到的事物完全是错误的，人云亦云的。无论是什么文学，即便是最平庸、最无聊的，它也代表着认识世界所付出的努力。如果没有它，我们完全无法抵达现在所处的位置。至少这就是文学的目的。这是文学所追求并得到的事物，为了所有人。无论如何，对于作者而言，再平淡无奇、微不足道的作品依旧能获得这样的结果。

---

[1] 圣经纸，一种纸质细腻、轻薄坚韧的纸，多用于印刷圣经和词典，目的是减轻书本重量，久翻不易撕破。

玛格丽特·杜拉斯：即便是再孤僻的作者都至少会有一位读者——他自己？

让·波扬：总是这样，这很幸运。所有的文学都能让我们离真理更近一步，让作者离真理更近一步，即使它看上去很疯狂。因为完全失去理智的文学作品是不存在的。

　　或者说，洛特雷阿蒙（Lautréamont）是癫狂文学的代表。

玛格丽特·杜拉斯：所以您用了"文学"一词来概括最广义的文学。

让·波扬：是的。已经发表的文学作品确保了——或者我们认为它们确保了——所有读者的进步。而未发表的文学作品相比之下更容易令人生厌，它们或许只能保障作者自己的进步。但说到底，这已经很不错了。

玛格丽特·杜拉斯：从读者的角度而言，光凭一本书"出版与否"来评判或许会引起错误？

让·波扬：是的，但是错误很有意思。读者，至少就我而言，经常会因为一本书被出版而感到震惊。他会说："为什么出版社会出版这本书呢？"

　　但这也是每天当我们看到有人读书时都会问自己的问题："天啊，这个人怎么读这样一本书？"这很互补。他在读那些您完全不愿意读的书。

玛格丽特·杜拉斯：如果我们更严格一些，我认为伽利玛出版社不应该在收到的1万部小说手稿中选择200部出版，出版其中的50部已经绰绰有余了。

让·波扬：可能吧。但也应该注意到文学奖经常被授予那些被所有出版社拒绝的手稿。当贝德尔（Maurice Bedel）的作品《热罗姆，北纬60度》（Jérôme 60° latitude nord，1927）荣获龚古尔奖时……

我记不清了……这本书曾经被所有巴黎的出版社拒绝。最后，当书又回到加斯东·伽利玛（Gaston Gallimard）手里时，贝德尔已经绝望透顶了。后来，他拿到了龚古尔奖，这完全激励了伽利玛出版社。我认为所有出版社都因此而受到鼓舞。

雷蒙·格诺，阅读手稿

（1960 年，未发表）

玛格丽特·杜拉斯：雷蒙·格诺，您是如何判定手稿质量好坏的？

雷蒙·格诺：我不认为我们可以对手稿的绝对价值做出定论。我们只能从特定的角度出发，即出版社的角度。

玛格丽特·杜拉斯：是否具有出版价值？

雷蒙·格诺：就是这个。然后就是关于作者的问题：这是位作家，未来的作家或者十足的外行？我们并不对手稿的好坏做出判断，因为那总是很主观。但我们可以判断手稿的作者是否属于作家、未来的作家或者业余人士。我想我们可以很快在专业人士、未来的专业人士以及业余人士之间做出区分。

关于专业人士，当然他邮寄手稿的时候，他还不是专业作家。但阅读过程中，我们能感觉到他已经意识到什么是写作、写作行业以及作家的工作。他写的东西是为出版做准备的。而业余人士完全没有意识到什么是文学和写作，无论其手稿本身的质量好坏。他只在乎他自己，他写作是为了自己的乐趣，为了使自己感到宽慰。如果您愿意的话，年轻姑娘为了记录自己的情感而书写的日记就离这类写作不远了。光看作者的第一部手稿，我们就可以猜到他是无可救药的业余人士，还是未来的作家，即便他可能成为一位糟糕的作家。

玛格丽特·杜拉斯：杂技演员或者细木工匠，是好作家吗？

雷蒙·格诺：是的。有些人属于细木工匠或者杂技演员。他们可能是糟糕的杂技演员或者蹩脚的细木工匠，但他们至少了解自己的行业。他们不是那些将自己想象成细木工匠并在家里翻跟头的人。如果您愿意的话，业余作家就是书写领域的能工巧匠。

而真正的作家却能意识到书写并不仅仅是为了给自己带来乐趣，他知道自己不是一个人。无论是男是女，只要真正对写作感兴趣的人都很清楚他从属于作家团体。与他同时代的人会对他的作品做出判断和评价，并和他一同写作。

至于业余人士，很不幸，就是那些始终停留在自我层面的人。他们可能会写一些令人赏心悦目的东西，但却不足以与他人交流，与公众交流，即便是很有限的公众。在这么多年的手稿阅读过程中，最令我惊讶的是，我们可以很快知道一位作家是否属于作家群体，是否具有作家天赋，即便是最鲜为人知的作家。

玛格丽特·杜拉斯：这很少见？

雷蒙·格诺：是的，非常罕见。时不时还会出现问题。有时候作者能很清楚地意识到什么是写作，但手稿的质量却并不好。这样，我们做出拒稿决定时就会很犹豫。

玛格丽特·杜拉斯：出版的魔法，或者说出版作品的魅力，没有任何事物可以取代吗？

雷蒙·格诺：是的，无法取代。即使手稿质量不佳，我们也会很犹豫是否要拒绝这样的稿件。

有时，我们会想，是不是出版这样的第一手稿并将其印制成书会更好。即便手稿的质量不是特别好，有时可能还很差。因为看到自己所写的内容被印制成书将完全改变作者。作品给人的印象，及其与他人，即读者的初次交流之间，肯定存在着某种相互性。

玛格丽特·杜拉斯：一方面，这是种魅力，但另一方面，也代表着作品的客观化。印刷出来的书看上去更好？

雷蒙·格诺：是的。我们会说："看这位作者……他写的东西不是特别好，但只要他的作品被出版，他就会意识到作品的好坏。因为他需要接受公众、读者的反馈，即便他的读者很少，甚至没有人给他写信，也没有评论家关注他的作品。"只要他意识到这个事实——在这个世界上总有人会去读他的书，那么这个事实就会对他产生影响，使他产生改变，帮助他更好地认识写作。

玛格丽特·杜拉斯：文学领域难道没有大器晚成的情况？住在多尔多涅（Dordogne）偏远地区的公证人在 50 岁之后的一天早晨，突然开始写起了小说，对此您怎么想呢？

雷蒙·格诺：事实上，这时有发生。有一些大器晚成的作家们的例子。但很多情况下，这是反常的标志。因为绝大多数作家很年轻就开始写作了。

玛格丽特·杜拉斯：几岁的时候？

雷蒙·格诺：7 岁……说到底，就是很年轻的时候……据我了解，大部分作家孩提时代就开始写作。几乎所有人 7 岁、8 岁、10 岁就开始写作了。

玛格丽特·杜拉斯：您自己什么时候开始写作的呢？

雷蒙·格诺：自有记忆起，我就开始写作了。

奥蕾莉娅，奥蕾莉娅，四

　　《否决之手》和《塞扎蕾》都是《黑夜号轮船》中被舍弃的镜头。协和广场上的雕像和马约尔的雕塑都太过奢华，并不适合《黑夜号轮船》里类似于沙漠的空间。这些雕塑都太过于形象。此外，无论是《否决之手》里的镜头，还是从巴士底狱广场到香榭丽舍大街的镜头，镜头的推移都不是很理想。我也不知道技术层面出了什么问题。红灯完全变形了，显得特别低矮，如同血迹一般，图像也很模糊。我们重新拍了一组镜头，但我没有用——除了经过马让塔餐馆路口的镜头，当时我们正在空餐馆的深处——我几乎保留了所有不成功的镜头。

　　我们于 8 月中旬进行拍摄，因为每年只有在这一周，巴黎才会显得相对空旷。早晨 6 点 15 分到 7 点 45 分之间拍摄的、长达 45 分钟的推拉镜头中，除了马让塔大街的一位妓女之外，我们只遇到了几个黑人、几个从剧院大街走出来的负责打扫银行的葡萄牙籍女清洁工、几个小流氓，还有几个流浪汉。那时的巴黎不属于我们。那些人，那些打扫银行、街道、商店的人在 8 点时就消失得无影无踪。从那时起，我们开始占据一席之地。从印度支那开始，也就是我年轻的时候，我从来没见过这么多殖民地人口聚集在同一个地方。爱属于这些人。有老人，有剧院广场的流浪汉。有波多黎各人，也有黑白混血的人，直至皇宫广场。这之后，什么都没有了，只有垃圾桶和汽车。

　　我花了一个半月的时间写《奥蕾莉娅·斯坦纳（温哥华）》的文本——打字机打出的 13 页文本。我在特鲁维尔写作。我在那里写作状态最好。我花了 4 天时间拍摄。我们的设备很有限：72 分钟时长的胶片。有一卷胶片是新的，可以拍 68 分钟。整部电影持续 50 分钟整，所以有 18 分钟的镜头是被剪掉的。

　　我们拍《奥蕾莉娅（墨尔本）》时是背光的。人物的脸很模糊，我们只能依稀看清楚人物的轮廓。镜头将其吞噬，河流将其挟走。我想，在某个特定时刻，奥蕾莉娅正站在桥上。画面的左边，是一位年轻姑娘的侧影，她有着长长的金发。她的脸和别人的脸一样模糊。她体态优美，高挑纤细。没有任何特征，除了艾丽斯般的微笑。从她脸上只能看到这个微笑。是的，我想这也是她，奥蕾莉娅。她永远都不会知道。她在那里，或是别处。她是破碎的，散落在整部电影里。但同时又完整地在那里。她还在那里，在蔷薇街。首先在那里，然后又同时在别处。总是在那里，然后，又总是在别处。这里或是别处。在所有犹太人那里。她就是第一代犹太人，也是最后一代。她在写作。

大约 40 年前。也就是 1945 年，她应该不在写作。只有当恐怖被时间覆盖的时候，她才能书写。奥蕾莉娅·斯坦纳，她也是那只布满麻点的猫。那个犹太人，那只犹太猫。此外，那些日子，人们正在穿越犹太大陆。在路过北边的河流时，奥蕾莉娅呼唤着她的情人，她那消失在万人坑、战争、焚尸炉以及赤道周围饥荒泛滥之地的情人。我们正处于某个不知名城市的中心。流经城市的河流带走了所有死去的犹太人。人们到处谈论着奥蕾莉娅，甚至在桥下人们的窃窃私语声中都能听到她的名字。那些日子里，她在所有人的记忆中。是的，河上的停尸船里满载着尸体，驶向河流独一无二的尽头，消失在海里。

当她，奥蕾莉娅·斯坦纳，还有记忆的时候，她会呼救，并呼唤着爱。

当她，奥蕾莉娅·斯坦纳，还有记忆的时候，她会呼救，并呼唤着爱。她到处呼喊，每个地方都在她的记忆里。她在墨尔本、巴黎、温哥华。每一个有失散犹太人的地方，每一个犹太人避难的地方，她都记得。

她只存在于那样的地方。在那里，任何事情都不会发生，除了回忆。在墨尔本和温哥华，任何事情都没有发生。这是些相距很远的地方。离欧洲很远。我将其视为残存之地。白茫茫的一片，如同白纸一般。任何事情都不会发生。在那里，生存无聊至极。人们必须不停地寻找不同的地方，不同的时间。阿根廷也有犹太人。好几个世纪前，他们就在那里了。西班牙也是。波兰已经没有犹太人了，德国也没有。一段时间过后，苏联也将没有犹太人。

对于不属于犹太民族的个人而言，犹太身份意味着什么？是怎样的反对立场使犹太身份成为救命稻草？犹太身份与什么相呼应？它又确认了什么？

　　这是深层意义上与写作相关联的事物。奥蕾莉娅·斯坦纳最后说的那句话："我在写作"。她的呼唤，不是"我在叫喊"，而是"我在写作"。

　　这与上帝有关。写作与上帝有关。奥蕾莉娅·斯坦纳才 18 岁，她遗忘了上帝。她站在与上帝对等的位置上，面对着自己。

　　当我完成《奥蕾莉娅（墨尔本）》第一稿时，戈尔德曼被杀害。我记得很清楚，在《世界报》的采访中，他曾说："我们唯一的故乡，是写作，是语言。"我看到的事物使我更加确信：没有土地、没有国界的故乡是世界上最坚实、最牢不可破的。或许对犹太人的迫害也源于此——我们无法掠夺他们的土地，因为他们没有土地，无法在物质层面宣泄愤怒的人们只得将他们杀死。

　　既然你提到了斯特雷特（Stretter），之所以用斯坦纳（Steiner）这个姓，是因为这里头有与斯特雷特和劳儿·瓦·施泰因的施泰因（Stein）押韵的东西。

　　是的，安娜-玛丽·斯特雷特（Anne-Marie Stretter）。与奥蕾莉娅·斯坦纳的首字母几乎相同。

　　劳儿·瓦·施泰因是犹太人。

　　是的，我想她是犹太人。我并没有在书中提出这个问题。副领事也一样，也是犹太人。我认识的副领事就是犹太人。他住在讷伊（Neuilly）。他曾在孟买担任副领事。我记得，在越南战争的时候，人们在柬埔寨那边的原始森林里——或许是，我记不清了——发现了一个建于殖民时代的古墓，上面的名字非常模糊，只能看清楚几个字："法国副领事"。

<u>奥蕾莉娅·斯坦纳是怎么来的？</u>

写作如同犯罪，之后，我们什么也想不起来了。那些罪犯常说："我也不知道我当时是怎么了。"我的起点很窄。我已经提到过。在我的日程本上，我用几个词记下了 1979 年 8 月的某天早晨大海的状态。

<u>水在四部影片中扮演十分重要的角色。</u>

我们无法避免一些陈词滥调。我曾经和皮埃尔·洛姆（Pierre Lhomme，首席摄影师）说过，塞纳河本身并没有任何含义，需要拍它的河岸。就这样，我们在拍摄上花了一整天。我们花了一天的时间去取景。影像太过于追求表现岸边的场景，却忽视了塞纳河，尤其是河岸两侧的陡坡。可我们真正需要拍摄的是整条塞纳河，它的宽广，它的全部。然后，很偶然，进入镜头的事物就进入了电影：宫殿、埃菲尔铁塔、卢浮宫、巴黎圣母院、汽艇、吉他、喊叫声、陡峭河岸上的道路、夜晚的灯光。水流的主线也是电影的主线。两条主线的重合，就是电影。岸边的陡坡又是另一部电影，这是关于河的电影，而不是关于死亡。我不得不说皮埃尔·洛姆拍得不仅非常美，而且非常聪明。

通过电影，米歇尔·库尔诺意识到水比石头更永恒。这里，穿越整个城市的水流受到了围墙的阻挡。我们建造了它的边界，它的河床。只有穿过城市之后，它才能完全展开，找回田野和树林。

斯坦纳

第一代，即祖父母那代犹太人在奥斯维辛被毒气杀害了。那是奥蕾莉娅·斯坦纳的祖父母。当那代人被杀害的时候，他们已经有了孩子。在战争开始之初，甚至二战前的好几年，很多孩子被送到离欧洲很远的亲戚家寄养，正如奥蕾莉娅·斯坦纳的父母被送到其姑母和叔父处。

最后的奥蕾莉娅出生在国外，在墨尔本和温哥华。我不认为她曾回到过欧洲。和所有以色列或者欧洲的犹太人一样，由于她的父母和祖父母，奥蕾莉娅·斯坦纳成了集中营的幸存者，也是死亡普及化进程中被遗忘的意外。应该说，有五十几个孩子在奥斯维辛出生、长大，被藏在板床的下面。我们找到了他们中的几个。他们存活了下来，并被送到英国的精神病医院接受治疗。他们中没有人知道如何使用第一人称单数。他们只会说"我们"。奥蕾莉娅·斯坦纳没有编造奥斯维辛里孩子诞生的事实。

总体上讲，你所有的电影中都存在着某种亲缘关系：紧邻河流、大海以及被河流穿过或者与河流相连的城市。安娜·玛丽·斯特雷特来自威尼斯，她走向加尔各答，并在大海中结束自己的生命。与此相反，奥蕾莉娅却很遥远，悲剧性的静止和流放都是她的特征。

奥蕾莉娅·斯坦纳在集中营，她在那里生活。德国的集中营——奥斯维辛和比克瑙都在欧洲大陆上，是令人窒息的地方。冬天很冷，夏天很热，距离欧洲中心和大海都很远。为了书写她的故事，也是历史上所有犹太人的故事，她通过想象将自己置身于那里。

奥蕾莉娅·斯坦纳在集中营，她在那里生活。

爱德华·布巴

倘若人的双眼能像布巴的照片一样去看，它们会受得了吗？我想到了布巴拍摄的某些儿童的影像。这些孩子突然发现有人在给他们拍照，表现得既胆怯又惊奇，并带着初次出镜时的诧异："为什么拍我们，不拍别人？""为什么拍我们，不拍别的东西？"我想到了某些场景：异域风景，粮食丰收，初领圣体礼。我还想到了一系列无以名状的瞬间：

那些从岁月里、从生命里撷取的瞬间；光的瞬间，不可思议的幸福闪光，无法命名，如风一般转瞬即逝。在某些地点，某些时刻，短暂而又神秘的片段：在荒凉的景色里，日落时分足以摧毁一切的爱情之风。布巴的照片——尤其是妇女的照片——总是处在超越再现的场域。当照片展现一张脸——身份中最不可替代的东西时，它还展现出了身份的脆弱及其必死性。还有最不可替代但又容易迷失在万千形态中的东西。当爱德华·布巴（Édouard Boubat）捕捉一张脸不可抗拒的独特性时，他选择的时刻好像总是人物最没有准备的时刻。那时，人物的脸脱离了身份的束缚，迷失在与他一起的存在中。或远或近，在别处或在身旁，迷失或是死亡。爱德华·布巴有天曾对我说，摄影有其独有的秘密。他说，摄影可以发现电影、写作、绘画无法企及的真理。但这些真理都需要别人来发现，而不是摄影师。这里，我发现的真理就是，所有的照片从某种角度而言都是你的照片。世上没有无法见证观者之自我的摄影。

上帝的观念

鉴于电影相对于其他事物，如科学、石油、金钱而存在，那么我们可以没完没了地谈论它。但这对其他领域没有任何帮助。我们可以很了解电影，如它的历史和系列电影作品，但这并不能帮助我们在电影领域更进一步。我们只是停留在原地。但有极少例外，如《诺言》这部电影就触及了信仰的边界，并通过电影，展示了上帝这个观念所具有的、难以企及的决定性力量。

绝妙的不幸

　　你是否能接受某种音乐会，即人们为了倾听你的声音而聚集起来？曾让我着迷的是某天你提到的关于詹姆斯的剧。剧中，舞台一直延伸至剧院深处。

　　是的，我想起来了。早在看到演员之前，我们就能听到他们说话的声音。他们慢慢向我们靠近。你或许会想象那个声音，还有透明的屏幕？

不，完全没有屏幕。这很有意思，在行动共和影剧院，我感觉人们好像是为阅读而来的。

这很难回答。当我说话的时候，我没有转向您，我独自和我的文本待在一起。

我们能感觉到，电影真正使你感兴趣的是词抵达你自身的过程。

我将阅读速度放得很慢。在《奥蕾莉娅·斯坦纳（温哥华）》中，阅读持续了 1 小时，为的是讲述 40 天的书写过程。

你曾说过，写作是"绝妙的不幸"。我在想，你应该不喜欢共产主义观点，因为他们拒绝将写作视为能使人愉悦的个体行为。

我不讨厌共产主义……我们都知道，有人偷偷地在苏联大城市的隐蔽之处画画、写作，如同罪犯一般。有写作，就有阅读和读者。在那些激进分子中，我很少见到喜爱读书的人，我只见到那些被强迫进行阅读的人，除此之外，再无别的人了。在资产阶级社会，以无纪律为前提书写的东西都被腐化摧毁了。他们想，我们不能冒着成为不服从集体意志的坏人的风险重新进行写作。写作和阅读被认为是可疑的、背叛人民的行为，是从强权中挪用一部分人类的自由。这是理论罪。他们对待作家和读者，就如同人们几百年前对待巫婆一样。在他们眼里，作家是一个举止暧昧的女性，带有深层的两面派倾向，足以破坏普遍规则的纯粹性，以及强加于民的精神卫生。模糊性、两面性，这些是所有词中最可疑的。他们听不得，也理解不了。总规则曾是，现在仍是局限于字面意思，不做深层理解。

最令人震惊的是，这个原则从来未曾改变。从来没有，在任何

方面都没有变化。最大的灾难或许就在于此。现今《真理报》（*la Pravda*）上的文章与 20 年前某个分会委员会报纸上的内容相比，没有一丁点儿创新，无论在词汇层面还是句法层面。50 年来，他们在同一个地方原地打转，那里没有空气，没有出口，是苏维埃式的墓穴。是的，现在他们看到《广岛之恋》中的里瓦（Emmanuelle Riva）和德国人上床仍然很愤怒。

你提到的"绝妙的不幸",或许就是交流的不幸?

不。写作,就是无法避免去书写,无法从书写中逃脱。这只与个人有关。剩下的,无论所写的书能否起到交流作用,都无关紧要。我不认为作家写作是为了通过书本与其他人进行交流。我认为作家是自己的猎物,在移动着的边缘地带,在充满激情的地方,在无法界定且目光所不及之处,任何事物都无法解救他。作家们在世界的尽头,自我的尽头,不断地更换环境,不断向无法触及的点靠拢,并在难以忍受的欲望和激情中抵达临界点。看上去已经完成的写作,实则距离最初预见的外观还有很大距离。作为整体的写作依旧无法触及,并超出了可理解的范畴。它只屈服于疯狂,以及足以摧毁疯狂的事物。但将写出来的东西拿给你看,或许就如同在暗室里的操作,你进不去,但是你可以在激动的情绪和逐渐消退的欲望中预感到它的存在,哪怕只有一次。绝妙的不幸,或许就是这种折磨,这种无法让人休息的激励,这种自我的抽离,让你在书写完成之时感到茫然若失。你也经历过。使自己成为疯狂的目标,但又不陷入疯狂,绝妙的不幸或许就是这个意思。剩下的一切都是多余的。

使自己成为疯狂的目标,但又不陷入疯狂……

"没有共产主义作家"

任何时刻，你的政治信仰、你加入法国共产党的事实，都没有改变你的作品。

这是使我坚信自己是作家的原因之一。

这就意味着你从来不曾是共产主义作家？

不，这意味着我曾经是作家。

阿拉贡（Aragon）……

不，他之所以能成为作家不是因为他的政治信仰。他在加入共产党之前就已经是作家了。他的文字非常出色，但仅此而已。他不具有现实意义。历史小说使他走了下坡路，他就和那些苏联历史的官方写手一样，只追求叙事的详尽，苏联电影也有这个特征。自此，阿拉贡没有发生任何改变。他再也不能引起他人书写的欲望。

我看过他的 3 次电视采访，我很瞧不起他。但我从未见过阿拉贡本人。他脸上写满了我能猜到的谎言，但仍旧带着真诚甚至天真的神色，为的是让人们对他的谎言笃信不疑。但现在，这些事情开始露出马脚。我们比以前看得更清楚：电视是如何教人戴上面具的。至于阿拉贡，所有人都能看出来，他在撒谎，这使他表现得很不自然。我能回想起，当他提到自己拯救过的生命时，我羞愧地不敢抬眼。

面具？

不，不是面具。比面具还要糟糕：人的脸成了面具，活生生的面具。太可怕了。他一直在撒谎，到处撒谎。他讲述自己的功绩时，他在撒谎。他的语言本身也充满谎言，他用的词不再掷地有声，也不再给人以启发，这些词令人羞愧难当。阿拉贡甚至使那些熟稔他套路的人感到恶心。他的眼睛和马歇一样，已无法直视。我们从未阻止他讲话。

我曾希望有人，如拍摄现场的技术人员或者观众，告诉他：您在说谎。不，不，他们总是耐心地听这位垃圾英雄把话说完。但那天晚上，很多很多人最后还是认清了阿拉贡这个人。

恶心

　　我认为权力，无论是人民的权力，还是乱党的权力，都是人类历史和世界历史上令人作呕的桥段。在任何情况下，掌权总是对先前权力的篡夺。用于修饰当下权力的"合法性"一词，在本质上是引人发笑的。我认为贫困所拥有的权力和金钱、法律所拥有的权力一样使人癫狂。杀害皮埃尔·戈德曼的年轻杀手和雇佣杀手们的买家一样令人恶心。我认为无论是以正义、信仰还是武力的名义，贫困要求得到的评判、惩罚和毁灭的权力，和它所企图颠覆的、以金钱为代表的权力在本质上完全相同。前者根据后者进行调整，进而取代后者。1979年在德黑兰，对阿富汗小偷进行的处决和伊朗国王、希特勒、斯大林、皮诺切特命令的处决一脉相承。我们每个人身上，每个民族身上，在任何时刻，都有制造希特勒、斯大林、伊朗国王、皮诺切特的可能性。在法国，百年来，权力的真空期仅仅维持了几周：1870年的几个月，还有1968年的半个多月。[1] 仿佛法国的历史在这期间突然失去了意义。同样地，人们突然对这样难以定义的状态产生了恐惧。

---

[1] 分别指 1870 年普法战争中拿破仑三世被俘后法兰西第二帝国的垮台和 1968 年的 5 月风暴。——编注

电影，不

很多人会认为我谈论电影的时候是个"外行"，而且根本不知道自己在谈论些什么。但我认为，所有人都能谈论电影。电影就在那里，而且人们不断拍摄着电影。在电影之前，任何事物都不存在。很多时候，我们之所以想拍电影，是因为拍电影并不需要特殊的天赋，就像开车一样。大部分书也是这么被创造出来的。但我们不会把这些书与另一些书混为一谈，尤其是那些执意打破体裁规则的书。对于电影而言，弄错是时常发生的，正如把《电影手册》错当成《原样》（*Tel Quel*）杂志，把《呼喊与细语》（*Cries and Whispers*，1972）错当成色情片。

就写作而言，我们在任何地点，任何情况下都能独自进行。

就写作而言，我们在任何地点，任何情况下都能独自进行。但电影不是。电影并不召唤我们，也不像写作那样等待文思泉涌的时刻。当任何人都不拍电影的时候，电影是不存在的，电影从来没有存在过。但当任何人都不写作的时候，写作依旧存在，而且始终存在。当一切都终结时，在奄奄一息的灰色地球上，书写仍将无处不在。它在空气中，在大海上。

我的电影，为什么？

当我进入影院的时候，我再一次迷失了自己，我不存在了。这就是为什么人们不愿意去电影院。但我总是去看你的电影。

问题就在于知道为什么，为什么去看我的电影。这些年，我给出的所有理由都不够确切，我无法看得很透彻。这应该与我自己的生活有关。当我谈论这些时，经常是为了说明我无法将其中的原因看得很清晰。或许是将写作"粘贴"在影像上的欲望。或者，仅仅因为电影的空间很吸引我，还有放映室的空间，两者之间的共同点。

我认为，公开阅读你的文本和在黑暗的放映室里播放纯黑色胶片，并配上你的文本是不一样的。

是的，扶手椅的位置就不一样。它们总是朝向相同的空间，即图像空间。但声音存在于整个房间里，电影可以使声音充满整个空间。如果有人在一个房子里阅读，我们都围着他。在不开灯的放映厅，即便黑色银幕上什么都没有，人们也会看着银幕。他们知道银幕是视线惯常聚集的地方。而在进行公开阅读的沙龙里，人们不知道看哪里，也不知道将视线投向何处。

还有一个原因，就是你拍的电影具有某种破坏性，它们与其他电影不同。我印象中，在行动共和影剧院，那些观众彼此之间甚是相似。他们都是被你的电影聚集在一起的。属于同一个精神群体且拥有同样追求的新观众身上，散发着某种东西。我很惊讶，我竟然没有认出一起看电影的观众。

我在某些放映厅里也曾有过同样的感觉。例如在迪涅（Digne），我认为那里的影院是电影圣地之一。有人告诉我，在巴黎，《卡车》最后一次放映结束之时，观众们没有立刻起身离开，而是一起在影院里坐下并相互交谈。你说得很好，很对。当人们在《自由报》上张贴小广告，如同兜售色情电影一样地兜售我文本的磁带时，这样的行为，正如你之前所言，是具有破坏性的。

挑战很吸引你。

是的。为了知道我可以走到哪里。也为了考验电影，这个被我们称为电影的腐朽之物。

你写的每一个字都是挑战。你拍的电影也是。但还有一件令人好奇的事。20 世纪 30 年代就出现了有声电影，人们能记住台词的第一部电影是什么？是《广岛之恋》。人们对电影里的声音不是很感兴趣。还有哪些电影里的台词、对白让我们记忆犹新呢？

普雷韦（Jacques Prévert）的电影。

……

是的，但更确切地说，能让人们记住的是普雷韦电影里的词，而不是句子。现在，你的电影也开始具有这样的特征了。

……

布莱（Pierre Boulez）曾说过："电影里的音乐使我感到无聊，因为人们没有思考它与电影之间的关联。既然要做，那么相比于迪奥姆金（Dimitri Tiomkin），我更喜欢维瓦尔第（Antonio Vivaldi），因为那段时间我经常听维瓦尔第。如果我参与拍摄电影，我会尝试着和拍电影的人一起构思配乐。这样的情况只发生过一次，就是当普罗科菲耶夫（Sergei Prokofiev）和爱森斯坦（Sergei M. Eisenstein）一起拍摄《伊凡雷帝》（*Ivan the Terrible*，1944）的时候，而且结果也不是特别理想。"

……

我们能感受到无声电影是很自然的，而你的电影也很自然。但处于有声电影和无声电影之间就不可行了。

在商业电影中，台词是用来推进影像的，这常常是为了使影像更为精简。如果有人说"我要去见我的未婚妻"，那么这句话将省去一组镜头。

在你的电影里，台词完全不同。

……

这就是为什么你能给《印度之歌》和《她威尼斯的名字在荒凉的加尔各答》配上同样的音乐。为什么，为什么之前没人敢这么做呢？显而易见……

很普遍的是，我们总是意欲引用你的文字，甚至是你读这些文字时的语调。

我在电影里说话的声音和平时一样。有人曾对我说过。

从语调和语气变化上就可以听出来，你借助句法和祈愿式的表达方式来强化文本节奏。这就意味着你经常在对话中自言自语："她说这些"。

……

这在人物境遇层面很重要：当奥蕾莉娅·斯坦纳让水手做事时，总有类似于呼语的东西。

当我说话时，我总是处在某种消极的忧虑中，为的是不让自己远离字字平等的中性地带。这些文字来了，我不得不将它们记下来并呈现给观众。我把文字从一个地方带到另一个地方，使它们摆脱沉睡状态，重见天日。整个过程没有任何声响。

当你说"您看到了吗？"，你是在对谁说？

我对某个人说。我最初是向某人阅读这些文本的。

我们或许可以拍一部由手稿的放映构成的电影。

不。手稿不是中性的。手稿是不应该被观看的。

被书写的图像

当我看见《奥蕾莉娅·斯坦纳》里正在被书写的文本时，我有种想要阅读原文的欲望，而不只是图像。

被书写的图像。"我无法抵抗永恒，我将永恒放在你最后目光所向的位置，当你看着集中营院子里用于集会的白色方框时。"在《黑夜号轮船》里，我们已经能先听到某些句子，然后看着它们被书写。

在《奥蕾莉娅·斯坦纳》这本书里，我们看到每篇文本的推进都能引出另一篇文本。《黑夜号轮船》里夜的召唤。然后是地缘层面的召唤。再是洞穴里的召唤，接着是时间层面的召唤。

我看不到任何与象征死亡的白色矩形相同的空间。这是需要填充、填满的空间，也是奥蕾莉娅·斯坦纳出生的地方。

这个空间存在于所有生命里，正因为如此，这个白色矩形才有普适价值。

不。不是，这是犹太人的空间。我无法解析这个空间，也无法将其与我们的生活联系在一起，即便是很疏离的关联。于我而言，残余的奥秘就在于此：有些人无法像我一样看到这个空间。某个特定的时刻，我说："这个位置是空的，除了您的身体。"我的意思是："历史是空白的，除了您的死。"对我来说，我们时代的整个历史，我们时代的所有战争都被奥斯维辛里犹太人的死亡所填满。

在你眼里，白色矩形与犹太人的历史有着特殊的关联？

是的，在世界历史上，任何毁灭在本质上都与犹太人的毁灭有所不同。这不是种族灭绝。这不是讨伐，也不是暴行爆发。这是政令，是思考过后的决定，是有逻辑的组织，是周详谨慎的谋划，为的是除掉人类的一个种族。我重申了无数次，有一群女性专员，专门负责勒死犹太人，还有犹太孩子。就如同教师团体或者医疗团体一样。

真正神秘的是白色矩形图像。那个孔。

那也是一页纸，一个场景。最初，这是我个人对埃利·威塞尔（Elie Wiesel）所著的《夜》（Night，1960）的翻译。他讲述了一个 13 岁犹太孩子的故事。这个孩子太瘦太轻，以至于没法上吊自杀，他在集中营院子里的绳子上挣扎了 3 天。这是一幅始终让人无法忍受的图像。在我眼里：在那孩子的身体下面，我看到了白色矩形。矩形上铺着石板，很完美并且裸露在外。孩子垂死之时，没有人试图接近他。瑞士边境处的道路，对我而言，也是些白色矩形。晚上，犹太父母把孩子们带上路，让孩子们穿过边境，走向瑞士士兵，然后逃跑。

我是如此惶恐不安。我想我对犹太人看得非常透彻，在他们面前，我保有着某种致命的洞察力，这都将汇入我的写作中去。写作，就是去自我之外的地方寻找深藏于自我内部的东西。我认识到，这种惶恐旨在聚集散布于世的潜在恐惧。它能凸显恐惧的根源。"犹太人"这个词诉说着人类手足相残所致的死亡之威力，也诉说着我们对于这种死亡的默许。因为纳粹没有承认他们犯下的恐怖罪行。犹太人的惶恐，似曾相识。对于我来说，这种惶恐始于亚洲的童年：村庄外的检疫站，

鼠疫和霍乱，还有贫穷，以及隔离鼠疫患者的街道，这些是我见证过的第一批集中营。我曾因此而控诉上帝。

你把你弟弟和你自己描写成"瘦弱发黄"的孩子，与母亲截然不同。

是的，我们没有母亲皮肤的颜色，我们既不怕热也不怕日晒，我们总是溜到森林里，去见村里的孩子们。

沙滩

那天，我曾对你说：为了写你正在书写的东西，你应该经受了不少痛苦。然后你这么回答：是的，我确实应该经受了不少痛苦。

但我想，正是这样，不幸才会被铭刻。经历痛苦是我的自然状态。每个女人都应该经受过痛苦，只是她们没有觉察。当她们对你说：我某年真幸福，我们去比亚里茨（Biarritz）度假，孩子们还很小，等等。这不是真的。不是真的。是男人将这样虚假的幸福强加于女人。他会这么说：我们今天多舒服啊，我亲爱的，天气真好……因为男人可以在工作之余得到休息。我们，我们不需要这些，完全不需要此类事物。恰恰相反，我们需要离开，需要打破假象。我们被强制休息。沙滩使人无聊得快要疯掉。

女人知道自己处于幸福中，而男人却一无所知？

不。男人们知道幸福，而且他们有各种机会可以打破生活的日常，比如离开。新的情人，新的爱情，这比环游世界还遥远。对于大多数人而言，我们女人就应该待在家里。我印象中，自己曾在厨房里写作，一边做着饭一边写。但我也可以为了写作，不在乎生命，忘记吃饭。这就发生在我书写《奥蕾莉娅·斯坦纳》的时候。

我们从痛苦中学习

有一天，你曾说："我们都是奥蕾莉娅·斯坦纳，我们都很胆小，我们都会从痛苦中学习。"这句话让我深受触动，然后我就寻思，为什么你口中的"我们"特指女性而不是所有人。

因为我认为是所有女性，而不是所有人。在男人那里，至少目前看来，而且向来如此，痛苦总能得到排遣和解决。痛苦会变成愤怒，然后被排出体外，导致如战争、罪行……我们，我们没有任何办法，除了保持沉默。即便那些自认为因其职业而自由的女性，她们的境遇也一样。我们无法将女人的痛苦经历与男人相比较。男人受不了痛苦，为了远离痛苦，他们会将痛苦贱卖。他将痛苦排出体外，以古老的、惯用的方式发泄，如战争、叫喊、喋喋不休地诉说，以及暴行。

女性和同性恋

　　我看到了同性恋与女性运动之间的关联。他们都优先考虑他们自己。说反对同性恋这种无意义的话，会导致这两类少数群体在分散人们注意的道路上越走越远。矛盾的是，这种分散注意力的方法既痛苦又符合他们的期待。有人说，现在的女性希望能保全她们和男人之间的差异。同样地，同性恋希望保全先前的压迫，并与社会保持距离。敢于暗示情况对他们而言有所好转，就是为他们所做的最大辩护。和女性一样，同性恋们希望对人类、对社会的诉讼始终处于开放状态。他们提起诉讼，使其成为他们的所属地，也是他们受难的地方。我想通过避开激进主义，女性运动也能以同样的方式发展。从自身角度出发，我们会将事情看得更清楚。我从未以激进分子的身份参与任何女性运动——哪怕是这类想法都会令我想逃——但我推动的改变和她们一样，甚至比她们都多。而且这些改变是永久性的。我可以说：这属于我的过去。而现在，我看清了我的生活。但在这之前，我做不到。我在与日俱增的惊愕中看清了我的生活。

我寻思为何

我寻思自己何以承受如此的盛情和关怀，如此深沉的爱、保护、怜悯、休憩和建议。我何以依旧在这里，和他们一起，没有逃离。我为何还未死去。所有的假期都和他们一起，同样的男人，同样的男人们，所有夏天，每个夏夜。和他们一起，同样的男人，同样的男人们，爱情，旅行，睡觉，音乐。一连好几年，好几年都与同样的男人，同样的男人们关在一起。痛苦。恼人的不忠。没有明天。监视。不得不喊叫的痛苦。恢复安宁。为什么？为什么？我被人领去了威尼斯，受其照顾和关怀，为的是让我忘却分手的现实。我被强制带去的时候已是半死，但依旧被爱着。我活了千年，但我仍然无法忍受分离。即便他们所有人都对我说应该这么做。为什么？被糟蹋的生活，失败的生活。所有女人生活中的直线。女性历史的沉默。这个失败却让人觉得是成功。这样的成功是一片沙漠。根本不存在。

智者之痛

你难道不认为和副领事一样，奥蕾莉娅·斯坦纳的错就在于她的智慧？

是的。我可以这么说。你不这么认为吗？

是的。

但这是一种无须矫正的智慧。

疯狂的智慧，毫不夸张。

放纵。

从某种意义上说，奥蕾莉娅·斯坦纳也是个疯子。

是的，她走向了疯狂。正如亚伯拉罕（Abraham）。她是离开之人。奥蕾莉娅·斯坦纳一刻都未停顿。

巴黎、墨尔本和温哥华的奥蕾莉娅·斯坦纳是同一个人吗？

是的，是同一个人。同一时刻。无所谓年龄。我可以给你看她小时候的照片。我在诺夫勒找到了奥蕾莉娅的照片。她 7 岁。她不在电影里，但她还是被拍到了。我们和皮埃尔·洛姆都无法拍到她，因为我们不知道如何驾驭她的野性。奥蕾莉娅的眼睛和大海一样，她犀利的眼神与最遥远的时间之间没有丝毫差别。

放映厅

在放映厅里，人们被吸引，被俘获。我们可以说，他们早已预料到会这样。因为你已经有了固定的受众。

即便这样，我们好像总能听到有人走动的声音。你没听到吗？

不，电影具有吸引效应。我想，你的声音，尤其是你的声音与图像之间产生回响的方式，是整个过程中特别吸引人的地方。我们被一个声音俘获了。

你曾说过，奥蕾莉娅·斯坦纳在呼喊。她呼喊道："我在写作。"我们无法做出区分，因为文本即声音，声音即文本。这两者，要么语流中断，机械故障；要么一直继续，伴随我们直至终点。当时的情况就是它没有中断。文本持续在流动。

我想，声音和她所讲述的内容之间没有间隙，没有空白。如果你愿意，当我讲话的时候，我就是奥蕾莉娅·斯坦纳。我很注重精简，而不是一味添加。这不是为了完整地呈现文本，而是努力地接近正在说话的奥蕾莉娅。为了紧紧抓住奥蕾莉娅，和她在一起，而不以我自己的名义说话。因此，我必须时时刻刻保持警惕，全神贯注。尊重奥蕾莉娅，即便她源于我。

既然你已提出了关于奥蕾莉娅形象的问题，我认为奥蕾莉娅的脸是不断变化的，是在时间流逝过程中慢慢形成的。我们接受故事的同时，文本也在接受你的声音。

这个词或许更合适：融合，相互渗透。我们很难想象别人来读这个文本。在你书写和阅读文本的同时，你就是奥蕾莉娅·斯坦纳。你是奥蕾莉娅·斯坦纳。我们不会这么想：那是玛格丽特·杜拉斯。我无法想象除你之外的任何其他人来朗读这个文本。这或许是个圈套。

的确。我们能说的就是，你的电影看上去绝对超越了所有关于电影的成见。例如，一切电影似乎都源自图像的运动。电影由图像而来。你却反其道而行之。无论如何，你的电影看上去有并行流动的两条线，即话语流和图像流。它们既不可或缺，又难以预料，充满着偶然性。

尤其是《塞扎蕾》《否决之手》，还有《奥蕾莉娅·斯坦纳（温哥华）》。从某种意义上说，《奥蕾莉娅·斯坦纳（温哥华）》中的图像更为和谐。

《塞扎蕾》《否决之手》的文本和我的情感、动作之间还留有余地。但我对奥蕾莉娅的爱与文本之间没有任何间隙。最后，在温哥华，我就是奥蕾莉娅。在巴黎的文本中，奥蕾莉娅7岁，生活在炸弹威胁下的黑色塔楼里。塔楼位于丛林中央，我也是奥蕾莉娅。黑暗洞穴里那只布满麻点的犹太猫追上了加尔各答的女乞丐。那只在桥下快饿死的猫，那只她看着死去的猫，我也赶上了它，正如奥蕾莉娅追赶它一样。

做电影，看电影

当下发生了一件事，人们或多或少能感知到：电影无法使人震颤了。但在你的电影里却有这种震颤之感。我不知道这个词是否准确。大体上讲，这是我看《奥蕾莉娅·斯坦纳》时的感受。它使电影震颤。我们也可以说，电影里有某种暴行。就很多意义层面而言。

爱。

爱总是很残忍。

我没有选择。

另类电影

你的电影，是另类电影？

是的，我这么认为。我从自己身上就能获悉答案。当我无法在电影的陷阱中为我的电影找到解决方案时，当我的电影如恒久的问题一般悬而未决时，当我无法使自己不再去想它们时，正是我在拍电影的时候。自从我拍了《奥蕾莉娅·斯坦纳》，我一直处于这样的状态。

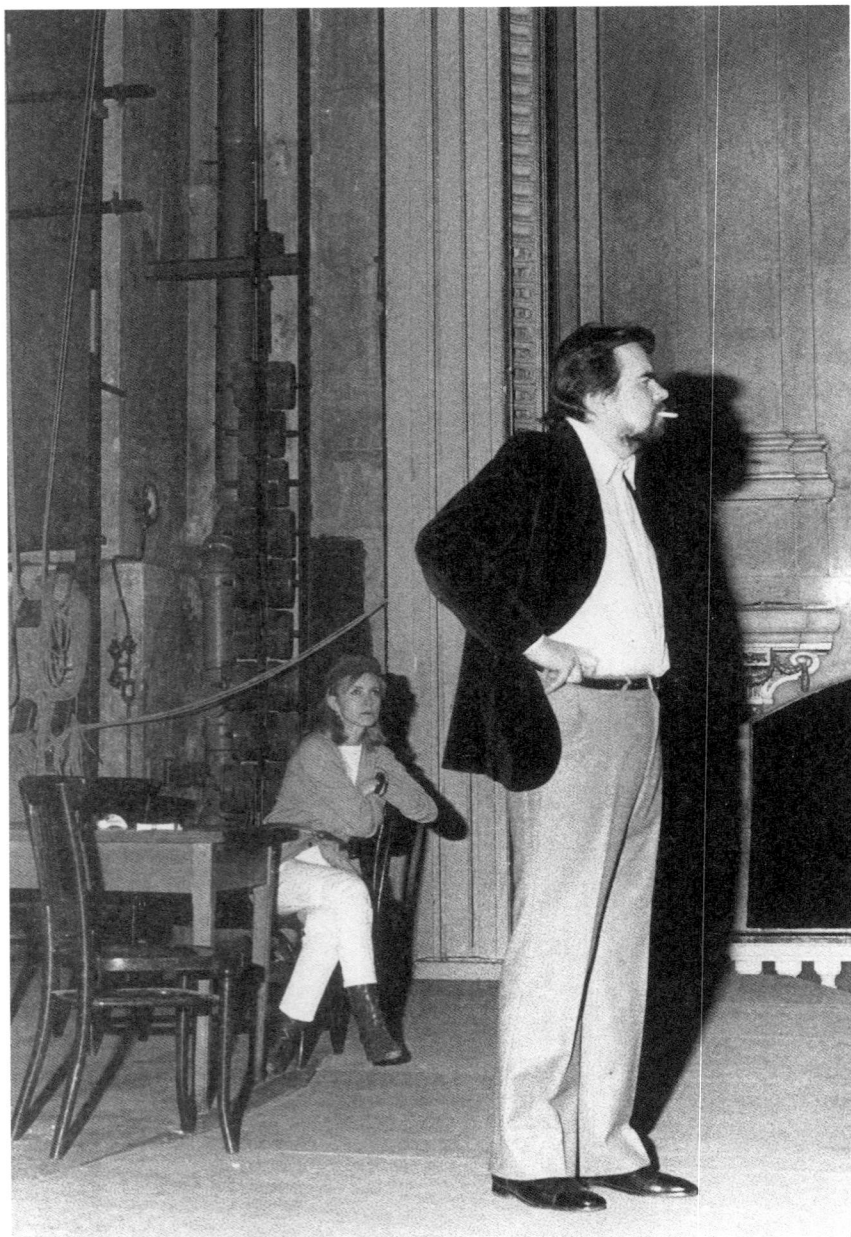

颤抖的男人，
对话伊利亚·卡赞

克里雍大酒店（Hôtel de Crillon），1980 年 12 月

* 塞尔日·达内和让·纳尔博尼（Jean Narboni）为《电影手册》组织的会面。
他们当时都在现场，还有作为翻译的多米尼克·维兰（Dominique Villain）和
迈克尔·威尔逊（Michael Wilson）先生。（对话中杜拉斯用法语、卡赞主要
用英语，部分谈及对方的语句是对现场翻译人员所说，故使用了第三人称，为
避免指代混乱，下文会标示此类情况。——编注）

玛格丽特·杜拉斯：我想要发行您妻子芭芭拉·洛登（Barbara
Loden）的电影《旺达》（Wanda, 1970）。我不是电影发行人。借
这句话，我是想说我会全力以赴使这部影片进入法国公众的视野。我
认为我可以做到。在我看来，《旺达》是个奇迹。通常情况下，再现
和文本、主体和动作之间总会有距离。但在《旺达》里，这种距离完
全被消解了——芭芭拉·洛登和旺达之间存在着即刻且绝对的重合。
伊利亚·卡赞：作为一个女演员，任何剧本都不是板上钉钉的。对她
而言，总有可以即兴创作的空间。（为了表达得更准确，我说英语。）
她的所有表演都有即兴的成分，总有惊喜。就我所知，和洛登一样的
演员只有青年时代的马龙·白兰度（Marlon Brando）。他不是很准确
地知道自己要说什么，所以他嘴里说出来的一切都是鲜活的。
玛格丽特·杜拉斯：对于我来说，奇迹不在于演技。而在于她在电影
里——我认不出她了——比现实生活中更像她自己。她在电影里比
在现实生活中更真实。这完全是个奇迹。

伊利亚·卡赞：确实如此。她有很大的交流障碍，除了某些特定时刻，如带有强烈情感——激情或愤怒等等——的时刻，当所有束缚都终止的时刻。她和世界之间有一道无形的墙，但演员的工作赋予了她破墙而出的力量。她每次都这么做。她曾经和我一起出演过阿瑟·米勒（Arthur Miller）的戏剧。我不喜欢那部剧，但剧中有一件美好的事物——芭芭拉的表演。

玛格丽特·杜拉斯：哪部剧？

伊利亚·卡赞：《堕落之后》（After the Fall，1964）。

玛格丽特·杜拉斯：我没有看过。我坚持想知道剧名是因为电影里的她让我很震惊。电影里，她把颓废状态演绎得淋漓尽致、登峰造极。我从中看到了无与伦比的光环，如此强烈，如此深刻。我是这么认为的。

伊利亚·卡赞：她在电影中饰演"流浪人"，这在美国很常见，我想在欧洲和其他地方也存在。一个漂泊在社会表层的女性，居无定所。但在电影讲述的故事里，几天之内，她遇到的男人需要她；就在那几天之内，她有了方向。电影结束时，男人死了，她又回到了先前萍踪浪迹的生活。她之所以非常深刻地理解这个人物，是因为年轻时的她也曾飘忽不定、四海为家。有一次，她告诉我一件很令人感伤的事，她说："我总是需要一个男人来保护我。"我可以这么说，社会上的大部分女性都能意识到同样的需求，也能理解芭芭拉的话，但没人有足够的勇气直率地承认。芭芭拉说这句话的时候不无伤感。

玛格丽特·杜拉斯：从个人角度而言——这有些不合时宜——我觉得我和她很接近。和她一样，我常常逗留在最晚打烊的咖啡馆，仅仅为了打发时间；我喝过很烈的酒，也很懂酒，正如我很了解某个人一样。

伊利亚·卡赞：你知道吗，《旺达》的拍摄没有花多少钱。16 万美元，

都不够支付大团队成员 1 周的薪水。拍摄的时候我都在。我照顾着我们的孩子们，给他们当保姆。整个团队里只有一位摄影师，一位录音师，一位操作员和一位助理人员，我有时也会去现场。

玛格丽特·杜拉斯：（笑）我经历过这样的拍摄。

伊利亚·卡赞：我很喜欢和朋友一起拍电影。不久之前，我拍了一部电影，名叫《访客》（*The Visitors*，1972）。和拍《旺达》一样，我几乎没有什么钱。但没人去看我的电影。美国很少有人去看，除了中学生。

玛格丽特·杜拉斯：《旺达》有观众。或许美国有着我所不了解的野蛮，我从未探索过这一点。就我所知，这部影片有观众。我们所需要做的就是找到这些观众，告诉他们这部电影已经上映。如果是我来告诉这些观众，仿佛是我自己以同样的方式和主题拍摄了这部电影，他们就会去看这部电影，正如他们去看我的电影一样。我想告诉您，我这么做不是因为我和芭芭拉同是女人。如果是个男人拍了这部电影，我也会以同样的方式捍卫它。

伊利亚·卡赞：我很理解。您是个敏感的人，您回应了芭芭拉，芭芭拉的真诚。我很高兴。我会联系迪亚芒蒂（Diamantis）先生，他有电影在法国的版权。这肯定会成功的，您别担心。这对我非常重要。我希望可以在美国做同样的事情。

玛格丽特·杜拉斯：为什么我总有这样的感觉，觉得我永远无法了解您？

伊利亚·卡赞：（对现场翻译人员）但是她很懂我！

玛格丽特·杜拉斯：您有着某种无法企及的东西。对于您所在的美国，我一无所知。

伊利亚·卡赞：我住在纽约之外，远离电影人、剧作家和戏剧导演的圈子。我一半的时间是在乡下度过的，我在那里有房子。

玛格丽特·杜拉斯：您没去过土耳其？

伊利亚·卡赞：去过，孩提时代。之后，我又回去过四五次。

玛格丽特·杜拉斯：您几岁到美国的？

伊利亚·卡赞：（对现场翻译人员）您问她是否读过我写的关于土耳其监狱的文章。这篇文章在楼上放着。我想她会很感兴趣。我写这篇文章是为了回应我认为带有种族主义色彩的电影《午夜快车》（*Midnight Express*，1978）。我去监狱拜访了土耳其好友居内伊（Güney），他是位很棒的电影人。我以这次拜访为主题所写的文章发表在《纽约时报》（*New York Times*）杂志上，法语版的发表在《正片》（*Positif*）杂志上。我很喜欢土耳其，土耳其充满野性，其内部很原始。

玛格丽特·杜拉斯：但您就是个野蛮人。您也很有野性。

伊利亚·卡赞：我？是的。土耳其人有点类似于日本人或者墨西哥人。一方面，他们嘴上说着"我很喜欢您，我很爱您"，另一方面，他们又很不屑："切"。这很危险。

玛格丽特·杜拉斯：在法国，我们称之为"反复无常"。

伊利亚·卡赞：他们还处于未开化状态。

玛格丽特·杜拉斯：我想和您聊一下《美国，美国》（*America, America*，1963）。我又看了一遍这部电影，因为我知道我会和您见面。看完后，我说道："关于流徙（我并不是说迁居国外），有两部伟大的电影。一部是卓别林的电影[1]，另一部就是卡赞的《美国，美国》。"

---

[1] 指的可能是卓别林自导自演的短片《移民》（*The Immigrant*，1917）。——编注

伊利亚·卡赞：只有这两部？为什么？这是关于美国最重要的东西。

玛格丽特·杜拉斯：是的，但美国就是流徙之地。

伊利亚·卡赞：但为什么？为什么没有别的与移民有关的电影？我不理解这一点。有部出自杨·特勒尔（Jan Troell）之手的瑞典电影[1]，但那部电影对我来说太过浪漫了。

玛格丽特·杜拉斯：但对我来说，您的电影不是关于移民的。我认为电影覆盖的主题远比移民要广。

伊利亚·卡赞：我希望是这样。

玛格丽特·杜拉斯：斯塔夫罗斯[2]，我想你们每个人都是斯塔夫罗斯。您谈到了流徙最本质、最普世的层面，而不仅仅是贫穷驱动下的移民，即从贫穷的国度迁移到富裕国家去，如从欧洲中部或中东迁居到美国。您电影中的流徙比这更远。

伊利亚·卡赞：我希望这具有普遍性。我当初的想法就是，为了去美国，斯塔夫罗斯需要放弃一部分属于他的荣耀，放弃他所属的部落。他不停地重复错误的想法："到了美国，我就清白了。"在电影中的某个时刻，他对女孩说："别信任我，别信任我。"因为那时他深知自己的弱点。

玛格丽特·杜拉斯：在电影里，就在那一刻，我们触及了斯塔夫罗斯。他仿佛被固定住一样。

伊利亚·卡赞：就是当他说"别信任我"的时候。这是电影里最棒的台词。他很爱那个女孩，但他对她说"别信任我"。

---

[1]《大移民》（The Emigrants，1971），一部描绘瑞典人乘船移民到美国的史诗电影，曾获多项奥斯卡重要奖项提名。——编注

[2] 卡赞编剧、执导的《美国，美国》的主角——年轻的希腊男孩斯塔夫罗斯（Stavros Topouzoglou）。19 世纪 90 年代，他在土耳其为富商辛勤工作，生活却充满了难堪与迫害。他怀抱移民美国之梦，经历种种血泪磨难，在希望与悲怆交织的旅程中终于得偿所愿。——编注

玛格丽特·杜拉斯：这很精彩。但您知道，斯塔夫罗斯也会离开美国。他永远不会停下脚步。

伊利亚·卡赞：这是我将要出版的书。我正在写作。他在那里住了9年，第9年结束之时，他变成了怪人。因为愤怒、失落、被抛弃，以及所有那些我年轻时代在美国体验过的力量：年轻的时候，我变得异常愤怒；进入中学，我如同一头野兽，不信任任何人。我眼下正在把这些写进书里。

玛格丽特·杜拉斯：或许可以这么说，您和那些在美国拍电影的人有很大不同。我不说美国人，我不知道美国人在电影圈子里意味着什么。我知道有个叫好莱坞的地方，还有一个叫纽约的地方。但您和他们的不同之处在于……

伊利亚·卡赞：我不属于好莱坞……

玛格丽特·杜拉斯：您所有的电影都带着最本质的野性，这个特征如同您的签名。

伊利亚·卡赞：我现在仍带着野性，我始终能感觉到它的存在。

玛格丽特·杜拉斯：正如您祖国的名字。

伊利亚·卡赞：（用法语回答）我特别喜欢您……真的，您很懂我！当有人理解我的时候，我的法语又突然回来了……我既不是美国人，又不是土耳其人，也不是希腊人……

玛格丽特·杜拉斯：我的情况和您一样。我生于法国的旧殖民地。我出生的地方已经被摧毁。可以这么说，我没能在出生的地方成长，这件事始终萦绕着我。

伊利亚·卡赞：剥夺国籍如同被阉割，使我们失去了力气。当我们适应了当前的社会，当我们说着"我接受他们的现状"，我们已经精疲力尽。有时，愤怒很重要，它会救您的命。

玛格丽特·杜拉斯：但是我们从未远离过童年。不是因为我们离开了，我们就和童年断了联系。

伊利亚·卡赞：比根更重要的是愤怒，愤怒本身，我们年轻时候体验过的愤怒。

玛格丽特·杜拉斯：是的，愤怒的能力。

伊利亚·卡赞：对周围的一切报之以愤怒，怒火能以多种方式得到宣泄，而愤怒的感受最为重要。否则，我们就死了。我想说，那些变得无能的人，尤其是性方面无能的人，他们之所以会无能，是因为他们身上已经没有了感情。这也是另一种无能的象征。

玛格丽特·杜拉斯：但我认为我们很幸运。

伊利亚·卡赞：我也这么想。

玛格丽特·杜拉斯：我们远离了童年的神话，远离了故乡。

伊利亚·卡赞：我注意到很多有创造力的人很年幼时就曾背井离乡，去了别的地方。他们需要不断调整自己，和植物，比如树木一样，适应新的环境。一段时间之后，他们会变得很强壮。法国是个令人无法抗拒的资本主义国家——如此舒适，如此丰盛的美食，如此种类繁多的奶酪、红酒、水果和蔬菜……

玛格丽特·杜拉斯：但美国也是如此……

伊利亚·卡赞：美国也是如此，是的。但在法国的生活是如此舒适。美国还意味着电视、汽车、电影等等。

玛格丽特·杜拉斯：我们继续谈谈童年。我们在两方面很幸运：贫穷，以及目前的栖身之地与故乡之间的距离。我认为这两件事很幸运。您曾回到过土耳其。而我，发生了很多事：战争、结婚、生子。我从未回到过我的故乡，以后也不会回去。我和我的童年完全分开了。我的童年只存在于我所有的书和电影里。我想，那些和我们在一起的人，那些朋友，他们都在法国出生，出生在可以自由进入的国家，他们无法理解我们的境遇，我们失去了故乡。我不觉得自己是法国人。您是美国人吗？

伊利亚·卡赞：我不认为自己是希腊人，也不是美国人……现在，我觉得我是世界公民，四处为家。我和穷人们、工人们和流浪者们的关系极富浪漫色彩。这些人遍布世界各地，我感觉和他们很亲近。而对于富人和那些很幸运的人，我常常故作高雅。

玛格丽特·杜拉斯：刚才，当我提到您电影里的空间，也就是您提及您的工作区域时，我想补充一点。您或许是唯一一个具有国际维度的美国电影人。您的工作区域带有国际属性。

伊利亚·卡赞：我想您是对的。我希望这是对的。这是我的感受。无论在这里，还是在美国，又或是希腊和土耳其，对我来说都有家一般的感觉。我也是唯一喜爱土耳其的希腊人。我有位希腊好友，他因为我刚才和您提到的文章而憎恨我，因为我文章中的土耳其人充满人性色彩。他是我最好的朋友，但因为这事儿，他和我闹得很不愉快。他来到我的办公室，对我说"我很讨厌那篇文章"，然后他走了。1 年之内我再也没有见到他。但那篇文章只是把土耳其人视作常人而已……

玛格丽特·杜拉斯：（对现场翻译人员）所以，他仍时常与土耳其保持联系？

伊利亚·卡赞：我 1956 年回过土耳其，为了拍摄《美国，美国》。如果我有一整晚的时间，我可以向您讲述很多关于土耳其、关于那场旅行、关于那一切的故事。

玛格丽特·杜拉斯：您最喜欢您拍摄的哪一部电影？

伊利亚·卡赞：我最喜欢《美国，美国》。

玛格丽特·杜拉斯：就我而言，我特别喜爱《狂野之河》（*Wild River*，1960）的一部分，但不是整部电影。我想李·雷米克（Lee Remick）和蒙蒂（Monty）[1]的爱情是电影史上最伟大的爱情故事之一。或许就是最伟大的。很幸运，这个故事很美好。我可能会让您震惊，但在我看来，相比于另一个故事，那位老妇人显得无足轻重。但电影需要这样的存在：那位老妇人的存在。她引发的事件远比她自身重要。电影真正的主题，也是电影最具超越性的地方，不是她被迫离开小岛，不是她被驱赶，而是爱。您成功地拍出了李·雷米克和蒙蒂之间的欲望。万分之一的成功率。我也曾成功地拍摄过这样的欲望，在一部您可能没有看过的电影——《印度之歌》里。《狂野之河》中没有一个吻。电影里有张床，但毫无用处。这样的状态持续了1小时15分钟，这太妙了。我们能感觉到演员们被赋予了某种动力和前进的方向，他们只需要按照既定的路线走。欲望从未详尽无遗地显露，欲望从未实现，即便当他对她说"我们结婚吧"，当他躺下的时候，当他被打的时候。即便在那样的时刻，电影里都没有一个吻。那部电影我看了3遍，每一遍都使我惊叹。

伊利亚·卡赞：事实上，他们从未亲吻过对方。

玛格丽特·杜拉斯：太神奇了。您或许是唯一一个在美国成功拍摄欲望的电影人。欲望是电影无法拍摄的东西。

伊利亚·卡赞：拍摄欲望很难。这与肉体、裸体无关。这对我来说很

---

[1] 《狂野之河》两位主演的名字，其中"蒙蒂"是男主角蒙哥马利·克利夫特的昵称。——编注

重要，我能感受到欲望，所以……无论怎么说，李·雷米克是我最喜欢的女演员之一。她是位极为出色的女性。当时蒙哥马利·克利夫特（Montgomery Clift）身体抱恙，他刚刚遭遇那场可怕的车祸。

玛格丽特·杜拉斯：是的，他的脸有一部分仿佛瘫痪了一般，但却充满了某种羞涩和温柔……在电影里，他看似很无力。但他当时的虚弱与无力不断膨胀扩张，成为他最主要的魅力。

伊利亚·卡赞：您是想说李·雷米克唤醒了他，让他摆脱了无力状态？

玛格丽特·杜拉斯：不，恰恰相反，我认为李·雷米克正是被他的虚弱无力所吸引。她与异性激进主义决裂，爱上了一个无法进入她身体的男人。这是我的感觉，我对电影的看法。

伊利亚·卡赞：是的，确实如此。那是个被疾病困扰、疲惫不堪且饱受摧残的男人，他晚上需要有护士看护他。这绝对是真的，这就是真相。

玛格丽特·杜拉斯：他把无力的一面展现得非常棒。这是属于他的真相。这不是悲剧，但确实带有悲剧色彩，如果您愿意的话。可悲剧的色彩在别处，不在电影里。电影所展现的是男人全新的状态。女性完全认同这一状态。这是我所见过的最真实的恋人，因为粗暴还有……谈论和命名这些事情很难。可以这么说，在异性恋中总存在着持久且致命的目的性。而您的电影回避了这样的目的性。在我的印象中，《狂野之河》中的那对恋人永久地结合在一起。这不仅指婚姻，还指向性方面的默契，从性默契中又衍生出了另一种默契，这种默契更深刻，更本质，更牢不可破、历久弥新，因为它带有某种偶然性，从未被证实且不断泛滥，从未被找到或被固定，这种默契接近于欲望，无形地渗入身体和意识中最原初的欲望，这种默契也最接近欲望带来的难以名状的巨大后果。谈及此，就意味着开启旅程。男人进入女人身体、繁衍整个人类唯一的方式，即作用于自身的生殖行为，被迫停止且丧失权利。

伊利亚·卡赞：电影里他们对彼此有着强烈的需要，因为他们之间存在着相互矛盾的力量。蒙哥马利·克利夫特是带着悲剧色彩的男人。他是同性恋，但他也非常需要女性。他总是围绕在我第一任妻子[1]周围。当我回到家的时候，他正坐在地上，我的妻子坐在沙发上……

玛格丽特·杜拉斯：我不认为同性恋意味着某种不同。我将其视作迂回的路径。我并不将同性恋本身视作问题，女同性恋也一样。

伊利亚·卡赞：在他印象中，由于性取向，他在美国社会就低人一等。那个年代的好莱坞，对于一个同性恋而言，没有任何可以赋予他自尊的基础。有些人，如约翰·韦恩（John Wayne），非常蔑视同性恋。导演霍华德·霍克斯（Howard Hawks）也是。他们老是揪住蒙哥马利·克利夫特不放，而后者总是战战兢兢。他真的在颤抖，我需要握住他的手才能使他平静下来。

玛格丽特·杜拉斯：我希望有越来越多像他一样颤抖着的男人。这个词很美：颤抖。我关于《狂野之河》的看法，您认同吗？

伊利亚·卡赞：是的。这是我自己最喜欢的电影之一。老妇人这个角色身上有不尽人意的地方。或许她与土地的关联不够深刻，我不知道。对我而言，她是一种来自内部的力量，但或许我应该更多地展示她在劳作的场景，让她根植于土地。她带着预先准备好的姿态来到台前。我从未想过你刚才所说的话，玛格丽特，关于两个人之间的爱情，但是我非常同意你的看法。我本想说，他们之间的需求源自将他们彼此

---

[1] 卡赞的第一任妻子是莫莉·卡赞（Molly Kazan），两人的婚姻关系从1932年维持至1963年莫莉去世。1967年，卡赞与第二任妻子芭芭拉·洛登结婚。——编注

对立的力量。他很虚弱，也很疏离；她给予了他力量。两人对彼此的需求相遇了。我在个人生活中曾经注意到这点，也经历过。两人之间对彼此的需求相遇时最为强烈，但这并不一定与性有关，或许是爱，是欲望。（停顿）《广岛之恋》太棒了。但我并没有因此而喜欢雷乃（Alain Resnais）的其他电影。您现在对电影还是写作更感兴趣？

玛格丽特·杜拉斯：现在，我想我对写作更感兴趣。（停顿）因为咱们俩都在写作，也都在拍电影，我们或许可以聊一下这个毫无新意的问题，也是别人总向我们提出的问题：写作和拍摄。除非这个问题使你厌倦……

伊利亚·卡赞：不，我并不反感。

玛格丽特·杜拉斯：您写作，同时也拍摄电影。

伊利亚·卡赞：是的，现在我正在为一部电影写东西。这也是我们之前提到的，我数次重返土耳其的经历。

玛格丽特·杜拉斯：您不拍电影的时候依旧写作吗？

伊利亚·卡赞：我希望我所做的首先是一本书，它会帮助我筹集到必要的资金来拍摄电影，但不仅仅为了拍电影。我希望先写一本书。《美国，美国》也是一本书。

玛格丽特·杜拉斯：您没有一本从未被拍成电影的书？

伊利亚·卡赞：有 3 本书我从未拍成电影。

玛格丽特·杜拉斯：您不愿意将其拍成电影？

伊利亚·卡赞：不是的，因为那些仅仅是书。我本不应该拍《安排》（The Arrangement，1969）。《美国，美国》恰恰相反，它一直在我的脑海里，我能很清楚地看到。之后我写了一本题为《杀手》（The Assassins）的书，接着是《爱之行动》（Acts of Love）和《神圣的怪人》（*Le Monstre sacré*）[1]。后者是本很好的书，但是我从未拍成电影。它们太过冗长。说到底，至少对我而言，电影需要一条更直的线，而不是到处扩散。当我写书的时候，我写一部分，然后我停下来，睡一会儿，迂回前进，写作期间可以去野餐或者邂逅一个姑娘等等。这对我来说也是写作的魅力。但我认为电影更为直接。

玛格丽特·杜拉斯：但您有没有曾经遇到过无法转译成电影的书写（我通常不谈书，而是谈论书写）？不是由于书写的内容，而是出于别的原因，例如，书写的风格？

伊利亚·卡赞：正因为如此，我希望我写得足够好。我在语言和诗意表达方面有很大困难。有些感觉我认为极富诗意，但我不知道如何用语言来表达。

玛格丽特·杜拉斯：对那些写作完全没有困难的人，我们应该表示怀疑。

伊利亚·卡赞：我的风格可以很直白，只叙述事实而不加评论。我可以把我所有的书拍成电影，但我不愿意这么做。无论如何，我希望能写得更好。我55岁那年开始写小说。对于人的一生来说，这有些晚。

玛格丽特·杜拉斯：您热爱写作？

伊利亚·卡赞：我热爱生活。我已经到了喜欢独处的年纪，我喜欢旅行。我已经不在戏剧圈子里了。我从未是圈子中真正意义上的成员，但现在，我已经完全脱离圈子了。我更愿意在乡下待着，在早晨写作。这是极好的生活。

玛格丽特·杜拉斯：您也在早晨写作？

伊利亚·卡赞：是的，我5点起床，天还暗着，我能看到日出。我一

---

[1] 《神圣的怪人》英文版书名为《替角》（*The Understudy*）。

直写到中午 12 点。然后我就给自己找借口，我对自己说："你很好地赢取了一天剩余的时间，现在你自由了。"

玛格丽特·杜拉斯：写作是您的嗜好？

伊利亚·卡赞：是某种执念。

玛格丽特·杜拉斯：这是一回事儿。

伊利亚·卡赞：对您来说呢？

玛格丽特·杜拉斯：这有些不同。

伊利亚·卡赞：有种我认为很绝妙的感觉，就是当我写出几页很喜欢的文字时。但现在，我正要拍另一部电影。我们看看会发生什么。

玛格丽特·杜拉斯：有些书，我觉得不会把它们拍成电影。您会认同我说的，世间最难得的就是做适合自己的事情。您拍您想拍的电影，您拍出来的电影出自卡赞之手。很多电影人拍的并不是电影，他们不懂应该如何拍摄，他们拍出来的东西是混杂的。

伊利亚·卡赞：我同意。有些电影人是机灵鬼。

玛格丽特·杜拉斯：小聪明对于拍电影没有任何帮助。

伊利亚·卡赞：他们的本质没有在银幕上得到展现。

玛格丽特·杜拉斯：即便在某些很好的电影里，小聪明也缩减了电影的空间，我指的是精神空间。

伊利亚·卡赞：您是我来自印度支那的朋友。我从未想过您来自印度支那。您也是个移民，我们都是移民，我们都很幸运。

玛格丽特·杜拉斯：是的。

伊利亚·卡赞：被割裂的灵魂。

玛格丽特·杜拉斯：是的。不仅仅被距离割裂，还有童年时代的贫穷。但说到底，这其中有着无穷的多样性和财富。怎么说呢？广博，如果我可以这么说的话，贫穷赋予我们的东西比富裕更宽广。

伊利亚·卡赞：我也这么认为。

玛格丽特·杜拉斯：贫穷的城市，城市里面贫穷的街区，我在印度支那都经历过。我住在与暹罗交界的地方。我们在那里有地，那是个极度贫困的地区。这或许也是我一生中见过的最快乐的国度。孩子像苍蝇一样死去，但那里有着某种力量，吞噬一切的力量，包括孩子的死亡。

伊利亚·卡赞：您应该去一趟土耳其，真的，您应该进入土耳其内地。您去过印度吗？

玛格丽特·杜拉斯：去过一次，只待了1天。那年我17岁。

伊利亚·卡赞：这很悲剧。我去过两次，从孟买到加尔各答。（对现场翻译人员）我跟她说，她应该去土耳其。我想如果她读过《正片》上的那篇文章，看到过监狱里那个男人的照片，她就会理解为什么。

玛格丽特·杜拉斯：我曾去过黎巴嫩、叙利亚、埃及，尤其是以色列，但很少去希腊。我从未想过前往土耳其。这很奇怪。您完全是犹太人，还是有一半犹太血统？

伊利亚·卡赞：我没有半点犹太血统。我是来自安纳托利亚地区（Anatolia）的希腊人。我父母是天主教徒，正统的希腊人。

玛格丽特·杜拉斯：您的名字是犹太人的名字，是埃利（Elie）吗？

伊利亚·卡赞：伊利亚（Elia），这是个犹太人的名字，也是希腊人的名字，伊利亚。

玛格丽特·杜拉斯：我之前以为您是犹太人。

伊利亚·卡赞：啊，是的，您曾写道："卡赞，伟大的犹太人"。

玛格丽特·杜拉斯：他用他的电影覆盖了整个地球。

伊利亚·卡赞：我还记得您甚至说过"不像伍迪·艾伦"。伍迪·艾伦是位细密画家，不是吗？他很有趣。

玛格丽特·杜拉斯：他也是位矫饰主义者。他有着卓绝的矫饰主义（mannerism）风格。例如，在我看来，好莱坞20世纪30年代、40年代或50年代的矫饰主义风格较为明显。——我不是很懂电影。但是伍迪·艾伦的矫饰主义风格或许有些严重，不是吗？……这很好，因为我们正在进行真正的对话。

伊利亚·卡赞：是的。说成采访不是很合适，采访需要两者针锋相对。（对现场翻译人员）我认为杜拉斯她更像是位艺术家，而不是记者。她写她看到的东西。

玛格丽特·杜拉斯：有些刚才说过的事情仍然需要记录下来。录制仍在进行吗？我还有时间和他聊点儿别的吗？我称之为卡赞非常非常伟大的电影，我就想要这么说，正如我可以列举您电影中的其他片段，《美国，美国》中抵达美国的片段。您拍摄了大海，大海的表面。

伊利亚·卡赞：是的，这很伤感，不是吗？

玛格丽特·杜拉斯：不，这不悲伤，这是纽约。只有曼哈顿周围才有海。

伊利亚·卡赞：大海是如此平静，它在休憩。大海表面有一层薄薄的燃料油，这使它显得更为平静。城市在远处，它萦绕着那个地方。我非常喜欢那个场景。

玛格丽特·杜拉斯：简直妙不可言。您拍了3次大海。有背光时拍摄的、浮动着燃料油的海面，有在更远处拍摄的大海，还有在接近城市的地方拍摄的大海，我们几乎完全看不到城市。

伊利亚·卡赞：是的，如幽灵般存在的城市，总是阴魂不散。

玛格丽特·杜拉斯：我想还有第3个关于大海的镜头。这难以置信，因为整部电影里您从来没有这么拍过，但突然，您开始拍摄海水、大海，并且只拍摄这些。

伊利亚·卡赞：他亲吻土地的镜头，您怎么看？

玛格丽特·杜拉斯：当他抵达美国的时候？电影的结尾非常美，也很壮观……当斯塔夫罗斯开始做出改变，当他突然开始嫉妒的时候，当他真正开启生活的时候。

伊利亚·卡赞：我的很多朋友对我说："出于对上帝的爱，把这段剪掉吧。这太煽情了。"但这确实是我家人的真实感受。

玛格丽特·杜拉斯：突然我们感觉到这是个曾经满嘴谎话、玩世不恭的孩子，突然一切都回来了，整个青年时代。这非常有力。

伊利亚·卡赞：您，您很强大。您的力量来自哪里？我能感受到。

玛格丽特·杜拉斯：我也能感觉到这样的力量，在我体内，是的。

伊利亚·卡赞：当然。我们可以说您的身体充满着某种东西。您是怎样表现身体的？

玛格丽特·杜拉斯：脸，是的，经常通过脸，手势动作，还有嗓音。

伊利亚·卡赞：我们经历过的一切磨难，我们经历过的一切，都在身体里。您在生活中经历过的一切都写在身体上，我们可以在您身上读到。头的位置怎样，肩膀怎么放，一切。解读这些也是我的专业。当我年轻的时候，我总是这么坐着，把我的嘴遮起来。但当我上了一定年纪之后，我的手放了下来，坦率地直面世界。

玛格丽特·杜拉斯：您认为力量是什么？

伊利亚·卡赞：我想力量源自欲望，源自可以言说自我而不感到羞愧、不用遮遮掩掩的自由。我想力量就来自那里。整个人生我都在努力，为了可以说："我有价值，我不用隐藏对任何事物的看法。"我不断对自己说："说出真相，说出真相。"这很难，因为整个社会、整个文化都迫使你将就其他人。

玛格丽特·杜拉斯：我想每个人内部都有自己的力量，但这些力量未必总会显露出来。我认为力量既是恐惧的终结，又是真理居心叵测的诱惑，以及追求真理的反常激情。还有对表达的热爱，对言说和描写的热爱。

伊利亚·卡赞：近 20 年间，我生命里唯一一次感到无力，是我的妻子去世的时候[1]。我要做什么，我将住在哪里，我会变成怎样……我被压垮了。但现在我应该振作起来，重新选择新的生活方式。这是唯一的一次，除此之外，都还可以。

玛格丽特·杜拉斯：您和您的妻子在一起多久了？

伊利亚·卡赞：23 年。

玛格丽特·杜拉斯：她出演过您的电影？

伊利亚·卡赞：她在《天涯何处觅知音》（*Splendor in the Grass*，1961）和《狂野之河》里扮演过小角色。

玛格丽特·杜拉斯：我看过《宝贝儿》（*Baby Doll*，1956），但我没有看第二部。您喜欢这部电影吗？

伊利亚·卡赞：是的，我也喜欢《登龙一梦》（*A Face in the Crowd*，1957）。我喜欢我所有的电影，除了《绳上人》（*The Man on a Tight Rope*，1953）和《陇上春色》（*The Sea of Grass*，1947）。我不是很喜欢《君子协定》（*Gentlemen's Agreement*，1947），我也不知道为什么。

---

[1] 卡赞的妻子芭芭拉·洛登身患乳腺癌和肝癌，于 1980 年 9 月 5 日（本次对谈的 3 个月前）去世，享年 48 岁。洛登和卡赞的实际婚姻时间是 13 年。——编注

玛格丽特·杜拉斯：我二三月份的时候会去纽约。

伊利亚·卡赞：您会给我打电话吗？我们可以一起吃个晚饭？在一个希腊餐馆……

玛格丽特·杜拉斯：纽约电影圈子里我只认识一个人，但我很喜欢她，她叫雪莉·麦克雷恩（Shirley Maclaine）。一年前，我曾经采访过她。后来我们又见面了，我们都很高兴能再见到彼此。

伊利亚·卡赞：是的，我也很喜欢她。现在，你认识两个人了。您喜欢纽约这个城市吗？

玛格丽特·杜拉斯：我想这是世界上最美的城市，但当我去纽约时，我总是在鸡尾酒会和晚宴上……这次我会住在一个朋友家里。我答应他要去他那里，因为我不想和以前一样。我去了太多次，完全受够了，每次都住同一家酒店，同一个房间，见同一群记者。但现在，我去那个我很喜欢的朋友家。

伊利亚·卡赞：在纽约，您会害怕受到侵犯吗？

玛格丽特·杜拉斯：我很害怕，是的。

伊利亚·卡赞：我的妻子被攻击过3次，甚至就在我们家门口。他们想要抢她的包，所以就拉着她，一直拉着她。她很厉害，他们把她拉到街角，为了抢她的包，他们把她的手指都拉断了。他们逃上了一辆车，而我的妻子，她用被拉断的手指叫了出租车，她上了车并对司机说："跟着那辆车"。司机回答："您以为我疯了吗？"便停下来，让她下了车。

玛格丽特·杜拉斯：我记得我戴着钻石在纽约闲逛，我的朋友对我说："你这样不行啊！"

伊利亚·卡赞：即便如此，每天，当我从家走到办公室时，我总能观察到三四件令我感兴趣，而且能激发我灵感，并对我的写作和电影有利的东西。每天如此。对我来说，这个城市是不可或缺的。我无法在别处生活。

玛格丽特·杜拉斯：就是这个，栖居在某处。

伊利亚·卡赞：我没有选择。在这里，多曼先生给我安排的房间日租金高达 200 美元，太难以置信了。当我独自去巴黎，旅行费用由我自己承担时，我就去奥德翁酒店（l'Hôtel de l'Odéon）。从酒店窗口看去，那简直就是出戏剧，又如马戏，整个晚上人们都在喊叫。我很喜欢巴黎的那个街区。

玛格丽特·杜拉斯：今年，我想我会待在海边。我有一间面向大海和拉芒什海峡（la Manche）的公寓。我找人安装了暖气。公寓的前身是酒店，有 92 间房，但只有我一个人住。说到底只有我们，因为我很少完全一个人待着。

伊利亚·卡赞：您就是在那里第一次看《旺达》的吗？在多维尔（Deauville）？

玛格丽特·杜拉斯：是的。我在影院里看了《美国，美国》。而《狂野之河》，我在电视上看了两遍，第三遍是在多维尔看的。那时我需要关于芭芭拉·洛登的 10 来条信息。《旺达》这部电影并没有获得成功，我想知道您和芭芭拉对此有何看法。

伊利亚·卡赞：芭芭拉感到很苦涩，但不至于因此而特别痛苦。电影在英国或是法国受到了知识分子们的好评。尽管如此，她还是没能为接下来的计划筹集到资金。这给她的生活带来了很大的打击。她已经准备好了很多东西。比如她想拍魏德金（Frank Wedekind）的《露露》（Loulou）。她有现成的剧本，但没有钱。她还有个关于电影明星的剧本——《我自己的电影明星》（*A Movie Star of My Own*）。在我看来，那个剧本非常不错，但她没有资金支持。她总有敲什么门什么门不开的感觉。

玛格丽特·杜拉斯：是的，但是为什么这部电影没有获得成功……在美国，你们接受了比如我的电影，还有戈达尔的电影。很多电影都被接受了。你们还是有电影资料馆和电影爱好者俱乐部这些渠道的吧？

伊利亚·卡赞：是的，在大学里有。但是电影并没有在别处放映。最后，她带着电影去大学里面做讲座。放映结束后，她回答观众提出的问题。她将自己和电影一起出售。她还去了很多职业学院，从南边到西边。她因此而倍感自豪。她只靠她自己，所以她很自豪。

玛格丽特·杜拉斯：她这么做有多长时间？

伊利亚·卡赞：在 1971 年。电影在宾夕法尼亚州拍摄，持续了 7 周时间。我在现场。我要指导群众演员，还要阻止汽车进入拍摄地点等等。我还要照顾孩子们。

玛格丽特·杜拉斯：（对现场翻译人员）在他看来，我使用剧本的一部分有意义吗？他是否建议我读一下《旺达》的剧本？

伊利亚·卡赞：我不这么认为。如果您想读剧本，我可以给您。但我认为最好是只看电影。她每天都在改剧本。首先是我写了剧本，然后我把剧本献给了她，为了让她有事儿可做。接着，她改写了剧本，不断改写。这真的成了她的剧本，而不再是我的。完全是她的剧本。每天拍摄的时候，她仍在修改剧本。

玛格丽特·杜拉斯：您也是这么工作的，不是吗？

伊利亚·卡赞：是的，这是唯一的方式。剧本不是电影。

玛格丽特·杜拉斯：是的，但剧本仍然是电影的见证。

伊利亚·卡赞：您知道吗，所有优秀的导演，他们早晨就出门，他们会看风景，看这些、那些，看太阳……

玛格丽特·杜拉斯：迪亚芒蒂先生有剧照吗？

伊利亚·卡赞：我想他那儿什么都有。不管怎么说，我明天就处理这个事情。这对我来说很重要，也为了纪念她。

玛格丽特·杜拉斯：对我来说也一样。我非常希望有《旺达》的版权。我为保罗·布兰科（Paulo Branco）所做的首映安排没有成功，这让人受不了。他们没能拿到电影，还忘记了电影的片名。

伊利亚·卡赞：在美国，这部电影备受轻视，除了在纽约。

玛格丽特·杜拉斯：您希望我们聊一下美国吗？我能问您一些问题吗？

伊利亚·卡赞：可以，任何您想问的问题都可以。

玛格丽特·杜拉斯：如果有人让您用几个词概括一下美国和欧洲的本质区别……？

伊利亚·卡赞：美国仍然很混乱，美国社会一直在变化。在纽约，我们现在不仅有黑人，还有125万波多黎各人，他们在为自己的身份、工作和住房奋斗。这很艰难。在迈阿密，突然来了50万古巴人。他们离开了自己的国家，因为受不了那里的生活。年轻人反对长辈们，看不起他们的父母。在欧洲，我觉得状况更稳定些。在法国和希腊，我经常感觉到人和人之间情同手足，他们是如此相似。

玛格丽特·杜拉斯：但您不认为政治运动都来自欧洲吗？全球性质的政治运动都起源于这里。

伊利亚·卡赞：我认为欧洲的政客们是最聪明，也是最负责任的。我总感觉美国的政客们追着欧洲同仁们跑。他们对自己很满意。这令人遗憾。我一生中经历过两任总统：罗斯福和杜鲁门。他们，尤其是杜鲁门，都比较伟大。但这之后，即使是肯尼迪，我也不是很喜欢。我们很少有真正具有榜样价值的领袖。和欧洲不同，美国仿佛被封住了一般。虽然我们也向欧洲注入了水泥。人们说，在英国，很年轻的人都学会了叛逆。但 32 岁一过，他们的叛逆精神就熄灭了，他们稳定了下来。我不知道在法国，1968 年 5 月之后发生了什么。可能是一样的事情，他们完全成了囚徒。

玛格丽特·杜拉斯：说到底，这是件伟大的事情，这与事件的成败无关。从政治层面来看，这或许是这个世纪最重要的 3 个日子之一。

伊利亚·卡赞：您是怎么看待美国和欧洲之间差异的？

玛格丽特·杜拉斯：在我看来，欧洲和美国没有本质区别。我认为它们是相同的。这边发生的事情会在美国找到回音。人们从这里离开，前往美国。但我认为美国只是一个中转站，是欧洲重大运动，即国际性重大运动的回廊。两个世纪以来，很多运动在这里发生。在美国，没有任何运动，除了资本主义这一扩张了几十年的运动。我很希望它们之间可以互补，因为美国和欧洲有着同样的愤怒。这种愤怒的情绪是相互的，很激烈，很可怕。但对于美国和欧洲而言，它们也是相同的。我们是欧洲人，越战的时候，我当然极度反美，和世界上所有人一样。

伊利亚·卡赞：我们也反美。

玛格丽特·杜拉斯：当然。我认为这种愤怒是兄弟之间的。我们现在面临的头号威胁是极权主义，不，是苏联法西斯主义……我们亲如手足，事情变得更明了。

伊利亚·卡赞：（对现场翻译人员）她看过我的电影《访客》吗？

玛格丽特·杜拉斯：没有。

伊利亚·卡赞：我希望您看一下。

玛格丽特·杜拉斯：我儿子很喜欢这部电影。

伊利亚·卡赞：这是第一部关于越南的电影，比其他电影早很多，而且也是最好的一部。电影很简单，很纯粹，和《旺达》一样。如果您喜欢《旺达》，您可能也会喜欢这部电影。

玛格丽特·杜拉斯：为了在法国看到您的电影，我们为何等了这么久？

伊利亚·卡赞：因为我的 4 部电影在美国备受恶评。这让我非常恼火。我说过："算你们倒霉，妈的，我要写书了。"然后我就开始写书，我的书获得了成功。

玛格丽特·杜拉斯：《美国，美国》这部电影，我们等了 10 年……

伊利亚·卡赞：我拍了 4 部不成功的电影。《美国，美国》是个灾难，杂志上满是恶评。他们在报纸上嘲讽《安排》。至于《访客》，首映的时候，观众们在影院里喝倒彩。这让我非常恼火。我对自己说："我再也受不了了，如果人们这样回应，我为什么还要继续拍电影？让他们见鬼去吧！"然后，我又拍了一部电影，很棒的电影，他们也很反对。我说："倒霉！"《最后的大亨》（*The Last Tycoon*，1976）难道不是部杰作？这是一部有价值的电影。那些人使我非常愤怒，我便开始写作，并渐渐爱上了写作，就这样。现在，我感觉好多了，我会重新开始拍摄。无论如何，我没有选择。我需要完成 5 个故事。《美国，美国》，接下来的故事名叫《尚未实现》（*The Unredeemed*），然后是《安纳托利亚》（*Anatolia*）。第 4 个故事，我还没有想好名字。第 5 个故事是《安排》。这 5 个故事都和我的家庭有关，来自安纳托利亚的希腊人，他们初到美国时遇到的问题。我想写关于 1919 年至 1922 年间的战争。英国、法国和美国怂恿希腊人向土耳其人开战，但他们背叛了希腊人，他们完全背叛了希腊人，并且抛弃了他们。这是战争史上最耻辱的事件。我会讲述士麦那[1]的毁灭。这就是我正在进行的工作。我正在写作，为的是将其拍成电影。无论如何，我又开始拍电影了。

玛格丽特·杜拉斯：《旺达》是关于"某人"的电影。您拍过以某个人物为主题的电影吗？

伊利亚·卡赞：我拍过关于我叔叔的电影，就是《美国，美国》。整个家族都在电影里。

玛格丽特·杜拉斯：我所说的某个人物是指被孤立起来独立考虑的某个人，即脱离了其所在社会结构的某个人。您把他从社会中抽离出来，然后观察他。在我看来，您身上有某种属于您的东西，社会无法触及。这个东西不可侵犯，难以识透，具有决定性作用。

伊利亚·卡赞：但我下一部电影就和这些很接近。您是如何理解"犹太人"身份的？

玛格丽特·杜拉斯：因为您的流浪，您与欧洲国家和地区——例如土耳其、希腊、安纳托利亚——之间保持着居无定所的关联。穿越地中海和大西洋的过程就是曲线流浪的过程。犹太聚居区不仅意味着他们离开了故土，还意味着犹太人始终处于离开故土的状态。犹太人不仅是离开故土的人，还是带着家乡离开故土的人。相比于那些选择留下来的人，家乡对于他们而言更有存在感，他们对家乡的情感也更强烈：这就是我所说的曲线流浪。

伊利亚·卡赞：按照您的说法，我也是犹太人。

---

[1] 士麦那（Smyrna），现今土耳其第三大都市伊兹密尔（Izmir）的旧称。——编注

大西洋人

我请《世界报》给我留一个版面，用来谈论我最新的电影《大西洋人》（*L'Homme Atlantique*，1981）。似乎对我而言，如果我同意发行这样一部电影，即使只在一个放映厅里放映，我也必须提前告诉人们电影的性质。告诉一些人千万不要去看《大西洋人》，甚至能躲多远躲多远。告诉另一些人去看一下，不要因任何原因而错过这部电影。人生太短暂，如白驹过隙，而这部电影可能只上映 15 天。同时，我必须要提醒这些或那些人，电影大部分是由黑色构成的。法国绝大部分的电影观众有种习惯，他们认为电影是专门为他们拍摄的。当他们发现电影不是为他们量身定做的时候，他们就会往死里大喊大叫，以示抗议。

我想劝这些观众不要去看《大西洋人》。这没有必要。因为电影拍摄过程完全没有把他们考虑进去。他们如果去看这部电影，或许会妨碍到其他可能出现的观众。我想对他们说："别冒险了，别进电影院看这部片。"这些也是我想对大部分不了解我电影的记者们说的，他们别觉得必须得来，也没有必要写一些使人们对电影或者对读报失去兴趣的文章。这些报刊到头来只会责怪那些记者们。你们会告诉我，所有针对上映电影的情感宣泄，憎恨或是喜爱，都与电影作者无关。我会说人们长久以来一直都这么说，但这很有可能是错误的。如果我有权力，在观众入场之后，我会把埃斯科里亚（l'Escurial）影院的门都关起来。

但影院的安全条例不允许我这么做。所以我恳请某些观众不要挑放映《大西洋人》的"黑暗"时刻去埃斯科里亚影院看这部电影。他们还是放弃吧，不要去想这部片子了。我还想对他们说，我之所以选择埃斯科里亚影院的放映厅，而不选择那些银幕很小且如同等死之地的电影院，或者法国当下盛行的大众"超市"影院，是因为真正的电影银幕才能展现《大西洋人》的黑色。

位于皇家港口大街 11 号的埃斯科里亚影院非常棒，完全符合条件。去埃斯科里亚影院可以乘坐地铁，在高布兰站下车；也可以乘坐公交，27 路和 91 路。影片从晚上 8 点开始放映，直至午夜。整部电影长达 45 分钟。票价为 14 法郎。在影院大厅里，有与《大西洋人》相关的未发表文本。如果你们问我："'大西洋人'是个人吗？"我会说，是的，他也是个人，但他不是第一个人，第一个人根本不存在。他是从海洋里走出来的，带着大海的名字，所以叫"大西洋人"？还是说《大西洋人》是电影的名字？对于所有的问题，我都会回答：是的。这是个人，也是部电影，这是属于电影艺术的影片。或者更确切地说，这不是特定的影片，而是更大意义上的电影。或许，就是电影艺术。

致朱丽叶，致电影

《解放报》，1983 年 10 月

　　我好久没有去过影院了。我想看《朱丽叶的命运》（ *Le Destin de Juliette*，1983 ），因为有人和我聊过这部电影。他对我说："去吧，你应该去看一下。"他是我很信任的人。后来，我看见人们对这部影片大加赞赏，这又打击了我去看电影的积极性。再后来，阿琳·伊塞尔曼（ Aline Issermann ）亲自上电视谈论这部电影。就在那时，当我看到她无比艰难地推销她的电影时，这对于一个影片作者而言是不可能完成的，我觉得必须得去看一下了。我看了电影，我在这里开始以我的方式推荐它。因为这是一部我们都觉得有时间看的电影，但这是错误的。它可能随时会消失，被大卖场的灵车带走。

　　从第一波镜头开始，这部影片就表现得不同寻常。演出和摄影是如此之美，以至于让人有种电影以美为终极目标的不安之感。然而，并不是这样。出众的美让人渐渐忘记了美的存在。美有自己的角色，它与情感密不可分。美就是情感，自始至终。

　　我们没有必要复述故事，我们也无法讲述那样的故事。我们可以说，看吧，这是个非常棒的故事，让人感受深刻。但同时，这也是个玄妙且隐秘的故事，从最开始直至故事终结。伊塞尔曼的电影是关于一个为了逃避死亡而尽全力生活的人，他经历了最赤裸的生活：在失望和绝望中，在火车站，在廉租房，在路边，在寸草不生的空地，在麦田，在近郊的贫民区，在人群里，在工厂。电影保持着某种平衡：饱受痛苦的身体所经历的可怖生活与感知痛苦并保护身体的精神生活之间的平衡。

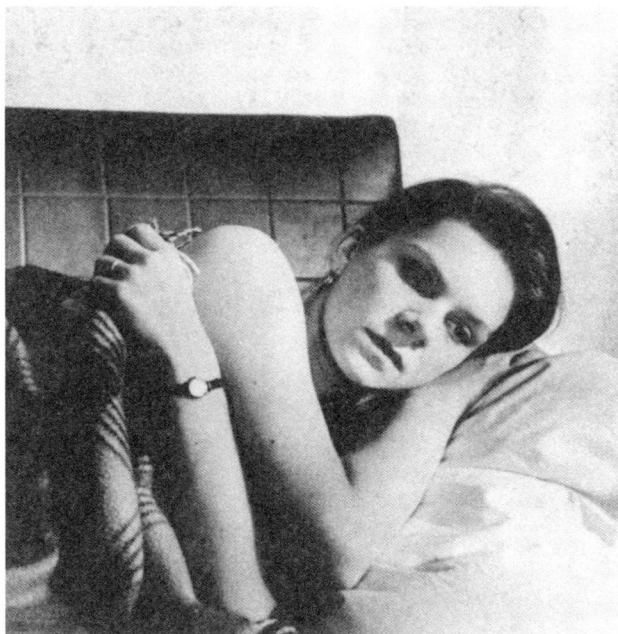

到处弥散着恐惧，无处不在。对于您，对于朱丽叶，对于我都一样。恐惧源源不断，生生不息。恐惧就在那里。它是雨，正如它是不公，是时间，是日常生活的脉络，是整个存在。每个白天，每个夜晚，如何避免被这个男人杀死？这就是朱丽叶即刻的生活。如何葆有生命，葆有这般光彩，这就是朱丽叶思考的深度，她却不自知，这是无知的炫目与奇妙。在她面前的，是那个男人，他们过着同样的生活，有着同样可怖的经历：如何避免她被杀害，如何避免她被爱，她是凶手吗？如何避免爱，这美妙的光彩。影片的中间部分是三位一体的孩子注视的目光。

这部电影无与伦比的力量就在于，没有谁能审判谁。整部电影没有任何审判。很多事件都是安静地发生的，甚至是喊叫声和说话声，尤其是孩子的声音。这件事情发生在 1960 年到 1980 年期间，也就是我们所处的年代。这是一部非凡的电影，几乎带有宗教色彩。电影赞美白色与"善"的等同。没有这个等同，"恶"将无法进入电影，也无法被书写。4 个人参与了电影的摄制：阿琳·伊塞尔曼、洛尔·迪蒂耶尔（Laure Duthilleul）、多米妮克·勒里戈勒尔（Dominique Le Rigoleur）和多米妮克·奥夫雷（Dominique Auvray）。[1] 充满智慧的女性们。她们的智慧就在于尊重才华，并运用自己的智慧将才华发挥得淋漓尽致。她们很清楚，如果什么都不说，再好的才华也会令人生厌，但智慧永远不会使人厌倦。智慧——在电影领域也一样——就在于知道真正意义上的主题，乍看起来微不足道，但足以引出让人深思、令人寻找——或许能找到，或许无法找到——的所有主题，这部电影的主题就属于这一类。向洛尔·迪蒂耶尔致敬，太妙了！

---

[1] 4 人分别是该片的导演/编剧、主演、摄影师和剪辑师。——编注

在以色列的花园里，
夜幕从未降临

《电影手册》，1985 年 7 月至 8 月

《电影手册》：电影《孩子们》（ *Les Enfants*，1985 ）的创作源头是什么？

玛格丽特·杜拉斯：18 岁时读过的《圣经传道书》（ *L'Écclésiaste* ）。是住在讷伊的一个犹太小男孩——依旧是，永远是他——推荐我读的，他后来成了法国驻孟买的副领事，也是现代智慧的典范与政治绝望的象征。

《电影手册》：他朝着麻风病人开枪？

玛格丽特·杜拉斯：差不多。他本来可以开枪的。但法国没有麻风病人。你知道的，只要极少的东西就可以造就一个典范，然后出发，全速前进。一句话，一个眼神就够了。这里，一切都源自 18 岁时阅读的那本书。电影一开始被单纯地命名为《埃内斯托》（ *Ernesto* ），而后更名为《以色列的孩子》（ *Les Enfants d'Israël* ），之后又变成《国王之子》（ *Les Enfants du roi* ），最后变成了《孩子们》。因为他曾是以色列的国王，《传道书》的作者。我们无法比《传道书》的文本谈得更深远。它非凡无比。电影里，埃内斯托应该朗读《传道书》的一些片段，但用法语是读不下去的。因为文本里有很多重述和连祷。

《电影手册》：这些词他从未念出来："虚空的虚空，凡事都是虚空……"。

玛格丽特·杜拉斯：的确如此。

《电影手册》：为什么？你删掉了吗？担心这句话有太多的含义？

玛格丽特·杜拉斯：不，不是这个原因。因为电影里没有回到这句话上的空间。当时公园里有两个人。他没有时间谈论这句话，而我们也没有他的画面。我本可以给你另一段被删掉的关于教堂的片段，但这与你们的杂志无关（笑）。

《电影手册》：给我们读一下吧。

玛格丽特·杜拉斯：他说："以色列的花园沐浴在强烈的光线下，那里夜幕从未降临。

"从那时起，我在那令人炫目的光芒下生活。

"从这个词里他听到了另一个他不认识的词，但他知道它存在。

"从这另一个词里，他再也没听到任何东西。

"他哀悼了很长时间。

瘟疫。

饥饿。

战争。纪念逝者的弥撒。思想。

他哀悼黑夜。死亡。

上帝。他哀悼上帝。

情人们，他为他们感到惋惜。

爱情的不忠。狗和天空。夏日的雨。

他怀念童年。

他后悔不知骂谁，爱谁，朝谁喊叫。

又后悔知道这些。

他突然有种想要活下去的强烈欲望，没有生命地活着。如石头的一生或者垃圾的一生。

然后，这一次，他将不再哀悼。"

《电影手册》："这个孩子" 40 岁了——你是什么时候决定这点的呢？

玛格丽特·杜拉斯：当我确定主角是谁的时候。因为他曾经就是这样。不管怎么说，一开始，我就决定由朗斯代尔（Michael Lonsdale）来出演，你们看……别忘了，之前我们为了选角做了大量的工作。这很可怕。我还没提到我们面试过的演员们的名字。但原则上，朗斯代尔应该饰演主角。您看，我们找到了副领事，好像我们找到了通往史前的道路。我们用录像的方式进行了很多次试镜。我自己也曾尝试过母亲这个角色，不过没有成功。我没能表现出塔蒂亚娜（Tatiana Moukhine）的存在感，还有她特有的、非同一般的慢条斯理。所有饰演孩子们的成年演员也没有试镜成功。突然，我们想到了我和让·马斯科洛的朋友阿克塞尔·博戈斯拉夫斯基（Axel Bogousslavsky）。我们邀请他来试镜。当即就拍板。他表现出的那种天真是如此真切，天真是他不可摧毁的特质。我必须得说，他身上有着某种神奇的东西。他的特质如此出众，我甚至曾考虑让他来读《死亡的疾病》（ La Maladie de la mort, 1982）。

《电影手册》：为了同名戏剧的演出？

玛格丽特·杜拉斯：是的，在法国的演出，但那时还没决定。在柏林的演出已经决定好了，用的是彼得·汉德克（Peter Handke）无与伦比的译本。我希望文本用德语来读，正如我用法语给彼得·斯坦（Peter Stein）和吕克·邦迪（Luc Bondy）朗读文本一样，他们同意了。演出时没有画面，这是真正意义上的可视文本（texte dit à voir），只有文本。汉德克的电影不仅包含《死亡的疾病》的文本，还有汉德克、勒内·夏尔（René Char）和莫里斯·布朗肖的文本。对于我来说，文本阅读应该在舞台上进行。这样，观众可以倾听文本。但最大的问题就在于如何"洗白"场地，使其脱离固着的文本阅读习惯，每晚都以绝对的倾听为要求。在法国，我想到的第一位朗读者就是阿克塞尔。我们需要某个只能感受到话语深层次力量的人，他应该对话语的隐意和传达功能充耳不闻。出人意料的是《死亡的疾病》里没有指控，也没有遮遮掩掩。有的只是某种固定的疑虑，文本所抵达的某个不确定点。这个不确定点一旦被触及就始终如影随形。该不确定点恰恰与话语相关。全书是由实验性的话语构成的。我们只能尝试写这本书。但这本书始终未完成，也永远无法由某个人完成。它目前正处于不平衡的极端状态。但它却表现得牢不可破，这很奇怪。

《电影手册》：在汉德克的电影展映之前，我在戛纳遇到了他，我当时感到很意外。我对他说文本谈论了有关同性恋的内容。他大为震惊。

玛格丽特·杜拉斯：和布朗肖一样。这好像要看情况。

《电影手册》：但至少有一段文字还是很明显地与同性恋有关。当他提到"爱你们同类的身体"时。汉德克还在译文中翻译了这句话，但他没有注意到。这很令人吃惊。

玛格丽特·杜拉斯：在《死亡的疾病》中，正如在汉德克的电影里，女人没有唾弃男人。书里也从未有过这样的故事。女人微笑，睡觉，她和海一样，是外面世界的一部分，一个暂时封闭的世界。汉德克没有这样对待女性，而是将她们视作完整的人。

《电影手册》：即便他拍摄女性的画面都呈碎片状，而且用了大量的特写（笑）。

玛格丽特·杜拉斯：但分析《死亡的疾病》文本时，人们经常会将欲望和情感，尤其是爱混为一谈。然而如果是男人，我们就无法谈论欲望或是爱。我们经常看到男人和女人一起，到处都是这样。

《电影手册》：这是个人解读。

玛格丽特·杜拉斯：是的，这是个人解读。我在《死亡的疾病》中所抵达的不确定点就在于此：异性恋是否是激情与欲望的唯一标准？突然，我对此深表怀疑。我无法对该疑惑进行更深入的说明，但我可以远远地听到我没有说，但很多人都说过的话。当男人说不了解女人，我的意思是他说这句话的同时正在进入女人的身体，这并不意味着他因此而了解进入女性身体的含义，即行为与智性的偶然重合。

《电影手册》：我理解汉德克和布朗肖对文本中同性恋内容的忽视。因为所有男人，即使实际生活中不是同性恋的男人，他们都能感受到与女性的不同。

玛格丽特·杜拉斯：但在同性恋中，这种区分是不存在的。这就是自我。此外，大部分情况下，问题都是自己通过自己解决的。从这个角度而言，汉德克还是将同性恋视作浪漫主义者。与女性不同。现在在这个女人们可以开诚布公的时代，这样的浪漫主义已经消失了。我们经常会感到那样的女性已经不存在了——那些离开后使街头变得异常落寞的女性。取而代之的是其他更实在的女性，更活在当下，更喜欢说谎。女人来自比年轻女孩们想象中更遥远的地方。

《电影手册》：为什么更喜欢撒谎？

玛格丽特·杜拉斯：因为欲望的不可遏制。现在，我们到处做爱，在剧院后台，在地上，到处。这很时髦，仅此而已。

《电影手册》：电影里，汉德克将自己定位为读者—译者。标题不是直译，而是换了另一个词。"*Das Mal des Todes*"（德语标题）意思是死亡的印迹、标记，死亡的痕迹。

玛格丽特·杜拉斯：我之前以为是痛苦的意思，正如生活之苦，抑或是恶行、魔鬼。他删掉了某些章节，如黎明时分，海鸥重新开始在沙滩上寻找，并用泥里的虫子填饱肚子的段落。这不是他就原书创作的一个版本，而是将原书化为己用。电影非常棒。影像很美。但这并不是原书所要求的，而是汉德克把它们拍成了这样。

《电影手册》：我们可以谈一下《痛苦》（ *La Douleur*，1985）吗？我记得你在写《绿眼睛》时，提到过有位盖世太保或多或少对你有些仰慕之情。这本书每章开篇的地方都有致读者的前言，尤其是题为"X先生，化名皮埃尔·拉比耶（Pierre Rabier）"的那章。你提到过，这章文字没有朝着文学之海前行。

玛格丽特·杜拉斯：是的，与第一章"痛苦"不同，这章没有朝着文学之海前行。

《电影手册》：为什么？因为这章讲述的事情不那么重要，或者规模比较小？

玛格丽特·杜拉斯：不，因为在《痛苦》里，我从自己出发，正如从一系列事件、战争、纳粹出发。然后这些事件慢慢被放大，与《广岛之恋》中的图式一样，直到《痛苦》的最后一句话：我们所有人都应对纳粹、对死亡负责。我在每章前言中都给出了解答，但这并不影响阅读。人们都劝我绝对不要这么做，但我总是这么做。在《孩子们》中，我也做了同样的事情。我在结局之前早就预告了埃内斯托的变化。在《广岛之恋》中也一样。在《印度之歌》里，我一直在预告，当叙事开始的时候，她已经去世了。我的电影是反向的。突然，我停下来，说道，她已经被葬在了恒河边。有时我会在叙事中使用将来完成体来预告命运。"她本可以很美""她本可以游得更远……"。以这样的方式，"现在"参与了结局，也是死亡的一部分，并成为它们的印迹。

《电影手册》：关于《痛苦》，有没有某种出版逻辑？我突然想到你在毕佛（Bernard Pivot）节目中的那句话，它让我觉得你好像把所有人都混为一谈，无论通敌行径还是斯大林主义。而今天，在《痛苦》出版之后，你再一次揭开了伤疤？

玛格丽特·杜拉斯：我答应 P.O.L. 出版社在那边出版一本书，因为它出版了很多被其他出版社拒绝的书稿。尤其是莱斯莉·卡普兰（Leslie Kaplan）的文本，那位来自纽约的小个子犹太人。她现在已经成为法国最伟大的诗人之一。她写过《过度 - 工厂》（L'Excès-l'usine）、《天空之书》（Le Livre des ciels）和《罪犯》（Le Criminel）。这些都非常出色。P.O.L. 出版社是很用心的读者。要在浩如烟海的手稿里注意到莱斯莉特有的、出众的东西很难。但 P.O.L. 出版社发现了她。

关于《痛苦》的出版，巴尔贝·施罗德（Barbet Schroeder）对我说："《痛苦》在《情人》之后，如果不是商量好的就太棒了。如果是的话就有点太过了。"我没有特意为之。当时，P.O.L. 出版社想在夏天之前出版我的书，但我没有按时写完。我一直想着延误的事情。关于《痛苦》，有些评论表现得很热情，有些则很震惊。《文学半月刊》（La Quinzaine littéraire）的某个记者甚至因这本书而指责我。理由就是在勒庞年代，我们没必要再提起有人被折磨的事情。我当时有些绝望。我当然没有后悔，我只是很遗憾像《文学半月刊》这样的刊物居然只能给出这样的理由。这些理由仅仅与得体与否或者文学策略相关。有些人将《痛苦》视作伟大的爱情故事。他们理解这样的爱情故事是无法经历的。他们都是年轻人，所有都是，没有老年人。

《电影手册》：评论认为这不是文学。但我认为，恰恰相反，这是最高级的文学。因为书写抓住了无法言说的事情，而文本也很成功地再现了那段不堪回首的历史[1]。我想起了另一个发表在《女巫》（Sorcières）杂志里的版本。

玛格丽特·杜拉斯：现在这个是完整的版本，是战时备忘录的版本。另一个发表在《女巫》杂志上的版本更简短，只有3页。这篇文章很难。无法忍受的极度痛苦不断被絮叨、被重述，处于这样的苦痛之中非常艰难。在《情人》中，就因为那句与布拉吉阿克的处决[2]有关的句子[3]，我受到了来自犹太人的严厉斥责："为什么您说这些？（他虽然这么说，但不想伤害任何人）不应该这么做。"我就问他们："那么应该做什么？杀了他？"他们既没有回答是，也没有回答不是。这就是进步。应该杀了他吗？他们没有回答，他们说："不能说不应该杀了他。"

《电影手册》：你一直在跟进与"马努尚部队"[4]相关的电影事件。《撤退的恐怖分子》（Des terroristes à la retraite，1985）：被法国共产党召集起来讲述事发真相的荣誉评审团。这很稀奇，我想年轻人无法理解，他们竟以真相为名，不惜动摇整个英雄人物组成的机构。你与他们的区别，就在于你的书进入了事件内部。拉比耶和另外两人在餐

---

[1] 指第二次世界大战。

[2] 罗贝尔·布拉吉阿克（Robert Brasillach），法国作家和记者。1944年法国解放后，他因鼓吹法西斯主义、通敌主义和煽动谋杀而被巴黎特别法庭判处死刑。——编注

[3] 可能指下述段落："贝蒂·费尔南代斯，她也接待朋友……客人中也许还有布拉吉阿克……她仅仅是谈到一些人，谈她在街上见到的和她认识的人，讲他们的情况……她坚持着，心里永远怀着殷切的友谊，非常忠诚又非常剀切的情谊。有多少通敌合作的人，就会引出多少费尔南代斯。""所以，抵抗运动对于投敌合作，饥馑对于严寒，烈士殉难对于卑鄙无耻，都是事出有因的。……这种对应关系是绝对的、确定不移的。一样的怜悯，同样的声援救助，同样是判断上的软弱无力，同样的执着，不妨说，执着于相信个人问题可以从政治得到解决。"参见《情人》，［法］玛格丽特·杜拉斯 著，王道乾 译，上海译文出版社，2005，81—83页。——编注

[4] 马努尚部队（le groupe Manouchian），又被纳粹称为"罪恶部队"，是二战期间由移民组成的抵抗组织，以亚美尼亚诗人米萨克·马努尚（Missak Manouchian）为首。

馆的场景显然属于电影，我们就在画面里面，远离历史，远离官方的谎言。

玛格丽特·杜拉斯：我删掉的是与天主教相关的内容。出于只属于我们女人的怨恨，我拒绝赋予天主教以同样的承受痛苦的能力。我保留了那个带回德国孤儿的神父。人们都反对他。我们的罪恶本能里被不正当释放出来的那部分是什么？我们甚至想到了犯罪，我们想要消灭德国人，将他们赶尽杀绝。我们需要尊重这些想法。这是我们的一部分，痛苦的一部分。仇恨应该被尊重。我能很清楚地看到这些：夜里装载着妇女们的卡车在等待，还有那些探照灯。我还能听到自己走在圣贝尔街上的脚步声，当我离开的时候。

《电影手册》：同时，这本书也是那个年代身体以及身体类型的一览表，从《痛苦》里的身体到年轻保安队员的身体，后者出卖了犹太人。

玛格丽特·杜拉斯：我基本没有修改。这很新现实主义（néo-réaliste）。正如那个年代的文学作品。但《痛苦》不是。书里的现实是如此可怖，这使得现实成了超现实。通过日复一日的重述、千篇一律的痛苦和因无法描绘痛苦而显得贫乏无力的语言，现实自动达到了某种深度。

《电影手册》：共产党人怎么会爱上保安队员？

玛格丽特·杜拉斯：一切皆有可能。在欲望的驱动下，人们可以做一切事情。这和其他的欲望一样，如街上的过客想要前往很远的地方，尤其是被禁止进入的地方去寻找的欲望。我之所以记得这件事，是因为它被书写记录了下来。之所以会写下来，是因为欲求的对象是有罪的。如果没有这些记录，这件事本应该被遗忘。

《电影手册》：你能想象一下从《情人》到《痛苦》，读者需要如何应对？

玛格丽特·杜拉斯：《痛苦》之前被命名为《战争》，因而更普遍些。

《电影手册》：很多人是读了《情人》才认识你的。

玛格丽特·杜拉斯：很多人会通过读《痛苦》来认识我。这或许就是在整个欧洲战争之后，而不是之前，我曾经属于这个国家的原因。当然，除了阅读给予我的国家归属感之外。是的，我是这么认为的。

《电影手册》：我收听了《面具和羽毛》[1]。文学和评论圈的专业人士们不相信"我曾经写过这些，后来我在一个衣柜里找到了"这回事儿。他们认为你弄虚作假。

玛格丽特·杜拉斯：关于痛苦，我没有作假。您能怎么样呢？但关于天主教，我确实做了手脚。我谈论过"痛苦""首府的阿尔贝"和"保安队员泰尔"。 拉比耶是现在写的，但也参照了大量笔记。我可以展示一下我的那些本子。我不知道我把这些写在了哪里。我应该还保留了当时的报纸，为了引用里面的文章，正如我做的那样。这是肯定的。但是在哪里呢？集中营？什么时候呢？当我确信罗贝尔·L. 还活着的时候。这点我很确定。可能是 1946 年的假期之后？就在那些本子里，我找回了《抵挡太平洋的堤坝》（*Un barrage contre le Pacifique*, 1950）、《直布罗陀水手》（*Le Marin de Gibraltar*, 1952）和《道丹太太》（*Madame Dodin*, 1954）最初的草稿。我还在本子里絮叨地讲述了在这里度假的故事，并由此创作了《萨瓦纳湾》（*Savannah Bay*, 1982）。

《电影手册》：一开始，是以日记形式书写的，但结尾处不是。结尾的地方是遥远的过去，而之前我们能感受到事件直接的连续性。

---

[1] 《面具和羽毛》（*Le Masque et la Plume*），法国文学类广播节目。

玛格丽特·杜拉斯：一开始，我认识某个被送到集中营去的人。他那时在德国，我们根本无法想象集中营里发生了什么。当他回来的时候，我再也认不出那个男人了。他笑的顷刻我认出了他，然后我又认不出来了。

我无法知道我能写到结尾处、抵达那样的结局是怎样的奇迹。天赋总是外在于我们的。我们认为天赋在自身，但很多的时候，天赋都是来自外部的。突然，在笼罩着沙滩的霞光里，某人谈到了罗贝尔·L.。一个女人，口气很温柔。她说她担心他再也不能正常走路了。她谈论着他，仿佛谈论着一个活生生的人，一个孩子。那女人谈论着他虚弱的身体，蹒跚的步履。听到这两句话，我突然意识到罗贝尔·L.还活着，他开始了新的生活。在傍晚霞光弥漫的沙滩上，他全然不知道那一瞬间发生了什么。战争就在那里结束。他和我，我们没有生活在一起。因为我们已经经历过了爱情，超越了我们力量的爱情。

《孩子们》。我们聊一下《孩子们》吧。除非我们只谈论书。这很好，终于有一次，我们可以不谈电影了。我很高兴。我想和你们说说《孩子们》。对我来说，电影是腐朽之物。我和我的朋友们受了很多苦，《孩子们》这部电影也因此变得有些糟糕。

《电影手册》：在谈论埃内斯托之前，我想说说电影，所有这一切都是白费功夫吗？

玛格丽特·杜拉斯：不，还是有必要的。又回到这上面来了。我现在已经比较乐意谈这个，但直到现在，这个经历还是很可怕的，因为拍摄条件的问题。我已经在《解放报》上提到过一些了。

《电影手册》：这个孩子没有经历过我们刚才谈论的事件？

玛格丽特·杜拉斯：没有。他周围的其他人个子正常但年龄都很小。他的姐姐也7岁了。为什么7岁？这是父母因记不住孩子的年龄而偷懒的说法：他们都7岁了。

《电影手册》：结尾处，有土豆的那个镜头，让我们想到献祭仪式里的面包和葡萄酒。

玛格丽特·杜拉斯：我当时没这么想。

《电影手册》：最后一个镜头扫视了庭院：空空的椅子和栅栏。我觉得几乎看见了上帝的缺席。

玛格丽特·杜拉斯：我还是告诉了演员们埃内斯托的痛苦，但没有给出特别的指示。我认为结尾处，当他们谈论上帝和科学的时候，他们完成得特别有分寸。没有半点嘲弄的意思，虽然两分钟之前我们还疯狂地笑着，以至于拍摄无法继续。但在那里，不，他们都很严肃。但埃内斯托不会因上帝而死。确实，在结尾处我无法这么说。我在学校院子里谈论他脸庞的那个镜头，我预告了他的将来，他的美国之行等等。在最后吃饭的那个镜头，我无法再讲述关于他的任何事。否则平衡就变得无意义了。

《电影手册》：喜剧部分具有强烈的电影效果和视觉特征。如果在书里，你说埃内斯托7岁了，但看上去像40岁，这对于安德烈·迪索利耶（André Dussollier）来说完全不同。在他面前的是饰演埃内斯托的演员，后者对他说："好吧，哎……"。演员们在拍摄现场是怎么做的？

玛格丽特·杜拉斯：当埃内斯托独自和母亲说话时，他们都听着。他们都在那里。电影是按照年代顺序拍摄的，否则无法操作。在拍摄现场，大家都很一致，这很棒。这个想法或许妙极了，但他演得更棒。他是俄罗斯、波兰混血。他确实很像斯坦·劳莱（Stan Laurel）[1]。在《孩子们》这部影片里，我先前电影里的某种抽象的东西被舍弃了。这也是3个人一同工作的结果。我会提出一些建议，他们告诉我他们的想法。有时，他们也会建议别的东西。有时，我们都拒绝电影的走向，甚至电影书写本身。有时却恰恰相反，他们建议的东西被我否决了。他们总是战战兢兢的，因为他们很了解我。关于我们交给法国国家视听研究院（I.N.A.）6个版本中的第一个版本，我放弃了电影中的喜剧部分。我儿子认为热兰（Gélin）的角色太多嘴多舌，没头没脑。他是对的，也是他让我剪掉关于教堂的长达12分钟的镜头。一侧是房子，另一侧是学校，它们之间是这个永恒的空间：院子。教堂的镜头被埃内斯特的脸庞所替代。当镜头聚焦这张脸时，我讲述着他之前的生活。

《电影手册》：《孩子们》这部电影比其他电影更简单，但它依然很神秘、紧凑。它的简单只是表象。正如埃内斯特是一个既让人没法儿生气，但又很复杂的人物。

玛格丽特·杜拉斯：有些事情很让人震惊，如源自自我的另一面。之后，我们才知道这不是故意为之的。如《情人》里我哥哥的恶行，又如《孩子们》里的上帝。和我合作的两位作家都接受了上帝在影片中的存在。我没有谈论过宗教，我现在来谈一下。我不相信上帝。就和18岁时一样，我不信仰任何宗教。

《电影手册》：但总有个空洞？这就是电影的主题。

玛格丽特·杜拉斯：在死亡和永生之间，生命场域的扩张是难以忍受的。那些信教的人从不谈论这些。我们永远无法了解信教的人。我不了解

---

[1] 默片时期著名的喜剧组合"劳莱与哈台"（Laurel & Hardy）的成员之一。——编注

埃内斯托，我只是在倾听他。我不知道埃内斯托是否信仰上帝。我想他处在信与不信的犹疑之地，处在无法做出真正决定的痛苦中。

《电影手册》：埃内斯托和现在那些拒绝知识的人决然不同。

玛格丽特·杜拉斯：他没有时髦的想法，既没有秘诀，也没有原则和道德。

《电影手册》：这句话让埃内斯托在整个法国家喻户晓："我不想上学，因为学校总教一些我不知道的东西。"你认为埃内斯托是个圣人吗？

玛格丽特·杜拉斯：不，我认为他处在矛盾之中。人类失去了埃内斯托，这也是人类最大的损失。他坚持自己的认知和无知。他不断地谈论着上帝。正如我不信上帝一样。这些话是对我俩说的，但埃内斯托完全利用了这些话。圣人？不是的。他从不撒谎，也不掩饰。他什么都不是，只是一个孩子：如果他知道世界末日，他会像传播节日讯息一样散布这个消息。我感觉他距离死亡很近。

《电影手册》：演员的眼神很特别。他的目光避开了人，但仍可以穿透他们。你让他这么看人的？

玛格丽特·杜拉斯：他本来就是这样的。他应该知道这点。拥有一切的母亲不知道自己缺了什么。但埃内斯托却知道。

《电影手册》：电影标题中的其他孩子们，我们从未看到过他们？

玛格丽特·杜拉斯：是的，没这个必要了。我们相信这样的说法：埃内斯托总是在寻找，寻找他的兄弟姐妹们，在普利苏(Prisu)或是别处。他已经是个牧师了，很负责。母亲是至高无上的女皇，她抛弃了她的孩子们。但孩子们理解她、尊重她，甚至在她做过这些事之后依然爱她。

我没有和文学做了断。我首先是一个正在写作的人。我的电影活动？我已经五六年没去过电影院了。我看电视里放的电影。戛纳电影节期间，我看本年度新出的电影片段。我认为电影已经不存在了。除了我称之为"大卖场"电影（le cinéma de grande surface），即与恐惧有关，散发着臭味的电影。我认为那个还被称为电影的东西——你们可能深陷其中而无法看清——其不成功之处，在于我们可以从一部电影切换到另一部电影，离开一部进入另一部，却丝毫没有任何感知。同样的亲吻拥抱，同样的赤身裸体，故事也大同小异。在拍电影的人、演电影的人和电影讲述的故事之间，我看不到任何不同之处。就像细胞分裂一样：一部电影生产另一部电影，一张脸生产另一张脸，一种模式，一个主题等等。我对塞尔日·达内说：电影里已经没有情感，没有真正的恐惧，什么都没有，只有电视放映的电影。朗兹曼（Claude Lanzmann）的电影叫什么？我想去看看。

《电影手册》：《浩劫》（*Shoah*, 1985）。当你提到电影的时候，你只原谅戈达尔？

玛格丽特·杜拉斯：不，但当我感到孤独的时候，当我想到其他电影人的时候，我会想到戈达尔。看电影，现在意味着借助电影来消磨时光，而不是电影决定你一个晚上的命运。所以电影已经不是电影了。有一天，电影或许会被抛弃，就像汽车、船和旅行一样。这一切会发生在此之后：一个精神极度慌乱的人偶然间拿起一本书，他开始阅读，然后忘掉了一切。

《电影手册》：还是有些电影人时不时会给你带来好消息。你描述的病症源自电影工业，之前不是这样的。很多大片都是靠模子制作出来的，在好莱坞或是日本。

玛格丽特·杜拉斯：有时我有这样的感觉，尤其是近些年，这种感觉更为频繁：写书的不再是作家，做电影的不再是电影人。是另一些人在做这些事情。那些人不完全是作家或是电影人。那些"差不多"的电影人固守着我们不懂的技术。他们或许是电视台的人，但肯定来自偏僻的外省而不是海边。布莱松应该一年拍一部电影，我也应该一年拍一部。但我们没有钱。在我们的队伍里，只有戈达尔、雷乃和侯麦（*Éric Rohmer*）一年拍一部电影。幸好如此。《钱》（*L'Argent*，1983）这部电影的观影人次高达 5 万人……

《电影手册》：……但还有 70 万人绝对不会去看。

玛格丽特·杜拉斯：布莱松，是巨人一般的存在。他是所有电影的奠基人。当我们看布莱松的电影时，我们会觉得好像此前从未看过电影。当我去看《她威尼斯的名字在荒凉的加尔各答》时，我之前从未看过电影。从来没有。这种第一次的感觉，初恋的感觉，我们再也没有了。都结束了。年轻人之所以拒绝布莱松，是因为他们丢掉了自己的青年时代，丢掉了激情。

《电影手册》：电视传播着图像，使其平庸化，你认为电视扮演着怎样的角色？

玛格丽特·杜拉斯：电视无法取代。它是即时信息，消解了距离。但它与当下的电影有着同样的症结，两者都偏离了应该表达的东西。它们表达得很糟糕。电视也消磨时间。比如电视剧《金钱与权利》（*Châteauvallon*，1985），开头还不错，但现在越来越糟。近一个半月以来，有些大事情正在酝酿之中，但我们一无所知。你知道的，所谓戏剧，就是那些人自己都不知道会发生什么（笑）。他们收集最初的事件，但他们不知道这些事件的结果和影响。电视经常这样，电影也是，好像一件做工很差的衣服，我们可以看见拙劣的技术、电影的拼写错误。大部分电影人，尤其是新电影人，他们不读书，只读剧本。他们即便读书，也是像读剧本一样读，书就变得毫无意义。我认识一个读尼采的电影人，他为了读书而读书。他应该知道通过阅读，我们将学会思考，但这一切应该在不知不觉中发生。最糟糕的阅读就是脱离自身轨道的阅读。

《电影手册》：您认为之前被定义为大众文化的电影已经不是原来的样子了，您知道这番与电影有关的言论影响有多大吗？

玛格丽特·杜拉斯：是的，但不及阅读的改变大。我来说下我本应该喜欢，但我却不喜欢的那些人。这完全没法改变。这些人中有雷内·克莱尔（René Clair），他人很好，很有魅力，但我受不了他。我也从未喜欢过吉特里（Guitry）。我知道，他现在很时髦。我不喜欢伯格曼。我喜欢德莱叶，我又看了一遍葛楚（Gertrud，1964），但感到非常失望。我不是很喜欢科克托。雷诺阿，是的，我很喜欢。他或许是去世的电影人中我最喜欢的。《大河》这部电影棒极了。孩子和蛇，还有恒河的画面。我喜欢小津安二郎、萨蒂亚吉特·雷伊（Satyajit Ray）、弗里茨·朗（Fritz Lang）、约翰·福特（John Ford）、卓别林和塔蒂。我最近发现了另一位电影人：鲁什（Jean Rouch）。我觉得《咯咯咯鸡先生》（Cocorico! Monsieur poulet，1974）很棒（笑）。像这样笑，多幸福！这就是另一种语言。鲁什的语言和《孩子们》的语言。我们应该将两者进行比较。戈达尔没有另一种语言。布莱松也没有。但鲁什和杜拉斯有新的语言：萨比尔语[1]。多惬意，多新鲜。

《电影手册》：告诉我们，就你而言，我们如何戒掉去电影院，尤其是去看大片的习惯？

---

[1] 萨比尔语（Sabir），流行于地中海沿岸港口，是法语、西班牙语、希腊语、意大利语和阿拉伯语的混合，尤其词汇的混合更为明显。——编注

玛格丽特·杜拉斯：我们已经开始这么做了。证据就是我的例子。我经常看电视，而且我没有 Canal+ 台。我并没有太想看电影。有时，我会看到一些电影的名字，但我就当没看见。很多朋友都只看电视的某些节目。而我却每天都看。我很清楚怎么看电视。这可以学。如果一个节目做了手脚，我们都心知肚明。我不是为了看电影才看电视的，是为了和我的时间保持即时的接触，为了待在那里。有电视，就是和你们待在一起。和你们一起在贝鲁特（Beyrouth）。如果只有我一个人看电视，我就不看了。我看大众新闻并且和别人分享。体育节目太棒了，如体操、网球。这也是我和达内相遇的地方。

《电影手册》：你看了纳夫拉蒂洛娃（Navratilova）和克里斯·埃弗特（Chris Evert）之间的决赛了吗？

玛格丽特·杜拉斯：比赛很棒。给男人们上了多好的一课。除了诺厄（Noah）之外，体育运动突然变得优雅起来。

《孩子们》呢？成功与否并不影响作品本身。一部即便不成功的作品也能停留很长时间，如果它值得被记住的话。对于一部作品而言，已经没有遗忘和地狱了。名不副实的画家照样可以活得很好，因为一个画廊可以决定将某位画家推向国际市场。这只是获不获奖、有没有资金投入的问题。这时有发生。但如果画廊推出去的画家不是位伟大的画家，那么他可能持续不了 20 年。我们都知道这些数字。真相最终还是会被揭晓。

《孩子们》？我需要回忆下这部电影的存在。这部电影受到了拍摄条件的恶劣影响，堪比中毒。为了让与你合作的作家名字出现在影片开头字幕上，你奋斗了 10 个月；你的制片人假装执行法官决议，却把他们的名字放在影片结尾处的字幕里，甚至在黑屏的片尾字幕之后，那时几乎快拉上幕布了。仅仅为了羞辱他们，让他们难堪。你看电影业发展成什么样子了？简直可以扔进垃圾桶了。我就像刚刚走出垃圾桶一样。我需要忘记某种怪异的、几乎想要杀人的冲动，忘记恐惧，因为我有时感到很害怕。我需要找回更纯粹的电影。

* 采 访 策 划 人 : 帕 斯 卡 尔 · 博 尼 策 、 查 理 · 泰 松 和 塞 尔 日 · 图 比 亚 纳 （ Serge Toubiana ） ， 1985 年 7 月 。

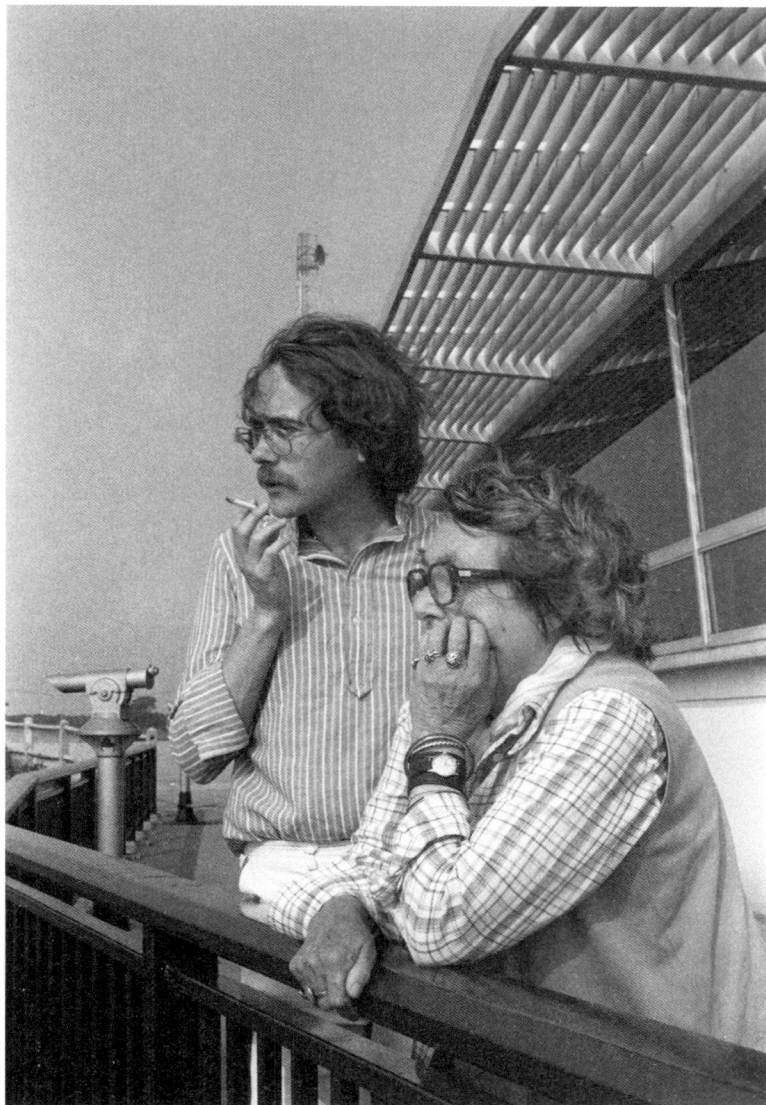

玛格丽特·杜拉斯（1914—1996）

电影作品和文学作品

电影作品

导演作品

1966

《音乐》（*La Musica*）

合作导演：保罗·塞邦（Paul Seban）

编剧：玛格丽特·杜拉斯

摄影：萨沙·维尔尼（Sacha Vierny）

布景：莫里斯·科拉松（Maurice Colasson）

剪辑：克里斯蒂娜·顾夫（Christine Couve）、埃里克·普吕埃（Éric Pluet）

制片：拉乌尔·普洛坎（Raoul Ploquin）

主演：热拉尔·布兰（Gérard Blain）、朱莉·达桑（Julie Dassin）、罗贝尔·侯赛因（Robert Hossein）、德尔菲娜·塞里格（Delphine Seyrig）

片长：80 分钟。黑白片。

1969

《毁灭，她说》（*Détruire, dit-elle*）

编剧：玛格丽特·杜拉斯

摄影：让·庞泽（Jean Penzer）

音乐：吕克·佩里尼（Luc Perini）

剪辑：亨利·科尔皮（Henri Colpi）

制片：妮科尔·斯特凡纳（Nicole Stéphane）、Ancinex 制片公司、马德莱娜电影制片公司（Madeleine Films）

主演：亨利·加尔桑（Henri Garcin）、达尼埃尔·热兰（Daniel Gélin）、妮科尔·伊斯（Nicole Hiss）、米夏埃尔·朗斯代尔（Michael Lonsdale）、卡特琳·塞勒斯（Catherine Sellers）

片长：90 分钟。黑白片。

1971

《黄色太阳》（Jaune le soleil），又译作《太阳正黄》

编剧：玛格丽特·杜拉斯

摄影：里卡多·阿罗诺维奇（Ricardo Aronovich）

剪辑：苏珊·巴龙（Suzanne Baron）

制片：埃里克·勒布儒瓦（Éric Le Bourgeois）、阿尔比纳制片公司（Albina Productions）

主演：热拉尔·德萨尔特（Gérard Desarthe）、迪乌尔卡（Diurka）、萨米·弗赖（Sami Frey）、米夏埃尔·朗斯代尔、迪奥尼·马斯科洛（Dionys Mascolo）、卡特琳·塞勒斯

片长：80 分钟。黑白片。

1972

《纳塔丽·格朗热》（Nathalie Granger）

编剧：玛格丽特·杜拉斯

摄影：吉兰·克洛凯（Ghislain Cloquet）

音乐：保罗·贝尔托（Paul Bertault）、保罗·莱内（Paul Lainé）、米歇尔·维奥内（Michel Vionnet）

剪辑：妮科尔·卢布昌斯基（Nicole Lubtchansky）

制片：让·米歇尔·卡雷（Jean-Michel Carré）、吕克·穆莱（Luc Moullet）

主演：露西娅·波塞（Lucia Bosé）、纳塔丽·布儒瓦（Nathalie Bourgeois）、杰拉尔·德帕迪约（Gérard Depardieu）、吕斯·加西亚-维尔（Luce Garcia-Ville）、迪奥尼·马斯科洛、瓦莱丽·马斯科洛（Valérie Mascolo）、让娜·莫罗（Jeanne Moreau）

片长：83 分钟。黑白片。

1974

《恒河女子》（*La Femme du Gange*）

编剧：玛格丽特·杜拉斯

摄影：吉兰·克洛凯、让·马斯科洛、布鲁诺·努坦（Bruno Nuytten）

音乐：卡洛斯·达莱西奥（Carlos d'Alessio）

制片：斯特凡纳·贾拉贾德杰夫（Stéphane Tchalgadjieff）、法国电视广播公司研究服务办公室（Service de la recherche de l'O.R.T.F.）

主演：鲁道夫·阿雷普兹（Rodolphe Alepuz）、韦罗妮克·阿雷普兹（Véronique Alepuz）、克里斯蒂安·巴尔道斯（Christian Baltauss）、罗贝尔·博诺（Robert Bonneau）、杰拉尔·德帕迪约、妮科尔·伊斯、弗朗索瓦丝·勒布伦（Françoise Lebrun）、迪奥尼·马斯科洛、卡特琳·塞勒斯

片长：90分钟。彩色片。

1975

《印度之歌》（*India Song*）

编剧：玛格丽特·杜拉斯

摄影：布鲁诺·努坦

音乐：卡洛斯·达莱西奥、安托万·邦凡蒂（Antoine Bonfanti）、米歇尔·维奥内

剪辑：索朗热·勒普兰斯（Solange Leprince）

制片：西蒙·达米阿尼（Simon Damiani）、Sunchild制片公司、徽章电影制片公司（Les Films Armorial）

主演：马蒂厄·卡里埃（Mathieu Carrière）、韦尔农·多布杰夫（Vernon Dobtcheff）、迪迪埃·弗拉芒（Didier Flamand）、克劳德·朱昂（Claude Juan）、米夏埃尔·朗斯代尔、沙达信·马尼拉（Satasinh Manila）、克劳德·曼（Claude Mann）、德尔菲娜·塞里格

片长：120分钟。彩色片。

1976

《她威尼斯的名字在荒凉的加尔各答》（ *Son nom de Venise dans Calcutta désert* ）

编剧：玛格丽特·杜拉斯

摄影：布鲁诺·努坦

音乐：卡洛斯·达莱西奥

剪辑：热纳维耶芙·迪富尔（ Geneviève Dufour ）

制片：弗朗索瓦·巴拉（ François Barat ）、皮埃尔·巴拉（ Pierre Barat ）

主演：妮科尔·伊斯、迈克尔·朗斯代尔、茜尔维·努坦（ Sylvie Nuytten ）、德尔菲娜·塞里格

片长：120 分钟。彩色片。

1976

《成天上树的日子》（ *Des journées entières dans les arbres* ）

编剧：玛格丽特·杜拉斯

摄影：内斯托尔·阿尔门德罗斯（ Néstor Almendros ）

音乐：卡洛斯·达莱西奥、米歇尔·吉方（ Michel Guiffan ）、让·米勒（ Jean Millet ）

剪辑：米歇尔·拉图什（ Michel Latouche ）

制片：帕特里斯·勒杜（ Patrice Ledoux ）、法国电影制片公司（ SFP Cinéma ）、法国电视二台（ Antenne 2 ）

主演：让 - 皮埃尔·奥蒙（ Jean-Pierre Aumont ）、伊夫·加斯克（ Yves Gasc ）、比勒·奥吉耶（ Bulle Ogier ）、马德莱娜·雷诺（ Madeleine Renaud ）

片长：95 分钟。彩色片。

1977

《卡车》（ *Le Camion* ）

编剧：玛格丽特·杜拉斯

摄影：布鲁诺·努坦

音乐：米歇尔·维奥内、路德维希·凡·贝多芬（ Ludwig van Beethoven ）

剪辑：多米妮克·奥夫雷

制　片：弗朗索瓦·巴拉、皮埃尔·巴拉

主　演：杰拉尔·德帕迪约、玛格丽特·杜拉斯

片　长：80 分钟。彩色片。

1977

《巴克斯特，薇拉·巴克斯特》（*Baxter, Vera Baxter*）

编　剧：玛格丽特·杜拉斯

摄　影：萨沙·维耶尼

音　乐：卡洛斯·达莱西奥

剪　辑：多米妮克·奥夫雷、卡罗琳·加缪（Caroline Camus）、罗斯利娜·珀蒂（Roselyne Petit）

制　片：达妮埃尔·热戈夫（Danièle Gégauff）

主　演：克劳德·奥福尔（Claude Aufaure）、诺埃勒·沙特莱（Noëlle Chatelet）、杰拉尔·德帕迪约、玛格丽特·杜拉斯（声音）、克洛迪娜·加贝（Claudine Gabay）、纳塔丽·内勒（Nathalie Nell）、弗朗索瓦·佩里耶（François Périer）、德尔菲娜·塞里格。

片　长：91 分钟。彩色片。

1978

《塞扎蕾》（*Césarée*）（短片）

编　剧：玛格丽特·杜拉斯

摄　影：米歇尔·塞内（Michel Cénet）、埃里克·迪马热（Éric Dumage）、皮埃尔·洛姆（Pierre Lhomme）

音　乐：多米尼克·埃内坎（Dominique Hennequin）、阿米·弗拉梅（Amy Flamer）

剪　辑：热纳维耶芙·迪富尔

制　片：菱形电影制片公司（les Films du Losange）

主　演：玛格丽特·杜拉斯（声音）

片　长：11 分钟。彩色片。

1978

《否决之手》（*Les Mains négatives*）（短片）

编剧：玛格丽特·杜拉斯

摄影：皮埃尔·洛姆

音乐：阿米·弗拉梅

剪辑：热纳维耶芙·迪富尔

制片：菱形电影制片公司

主演：玛格丽特·杜拉斯（声音）

片长：18 分钟。彩色片。

1978

《黑夜号轮船》（*Le Navire Night*）

编剧：玛格丽特·杜拉斯

摄影：皮埃尔·洛姆

音乐：卡洛斯·达莱西奥

剪辑：多米妮克·奥夫雷

制片：雅克·特罗内尔（Jacques Tronel）

主演：马蒂厄·卡里埃、比勒·奥吉耶、多米妮克·桑达（Dominique Sanda）

片长：95 分钟。彩色片。

1979

《奥蕾莉娅·斯坦纳》（*Aurélia Steiner*）

又名《奥蕾莉娅（墨尔本）》（*Aurélia Melbourne*）（短片）

编剧：玛格丽特·杜拉斯

摄影：皮埃尔·洛姆

剪辑：热纳维耶芙·迪富尔

制片：巴黎影视（Paris Audiovisuel）

主演：玛格丽特·杜拉斯（声音）

片长：35 分钟。彩色片。

1979

《奥蕾莉娅·斯坦纳》（*Aurélia Steiner*）

又名《奥蕾莉娅（温哥华）》（*Aurélia Vancouver*）（短片）

编剧：玛格丽特·杜拉斯

摄影：皮埃尔·洛姆

剪辑：热纳维耶芙·迪富尔

制片：菱形电影制片公司

主演：玛格丽特·杜拉斯（声音）

片长：48 分钟。彩色片。

1981

《阿加塔与无限阅读》（*Agatha et les lectures illimitées*）

编剧：玛格丽特·杜拉斯

摄影：多米尼克·勒·里高乐、让-保罗·默里斯（Jean-Paul Meurisse）

音乐：米歇尔·维奥内、约翰内斯·勃拉姆斯（Johannes Brahms）

剪辑：弗朗索瓦丝·贝尔维尔（Françoise Belleville）

制片：贝尔特蒙制片公司（Berthemont）、法国国立试听中心（I.N.A.）、女性电影制作（Des femmes filment）

主演：扬·安德烈亚（Yann Andréa）、比勒·奥吉耶

片长：90 分钟。彩色片。

1981

《大西洋人》（*L'Homme Atlantique*）

编剧：玛格丽特·杜拉斯

摄影：多米尼克·勒·里高乐、让-保罗·默里斯

剪辑：弗朗索瓦丝·贝尔维尔

制片：女性电影制作、法国国立试听中心、贝尔特蒙制片公司

主演：扬·安德烈亚、玛格丽特·杜拉斯（声音）

片长：42 分钟。彩色片。

1982

《罗马对话》（*Dialogue de Rome*）

编剧：玛格丽特·杜拉斯

摄影：达里奥·迪帕尔马（Dario Di Palma）

剪辑：热纳维耶芙·迪富尔

制片：伦加·吉塔塔、意大利广播电视台（R.A.I.）

主演：保罗·格拉齐奥西（Paolo Graziosi）（意大利语配音）、安娜·诺加拉（Anna Nogara）（意大利语配音）、玛格丽特·杜拉斯（法语配音）

片长：62分钟。彩色片。

1985

《孩子们》（*Les Enfants*）

导演：让·马斯科洛、让-马克·图里内（Jean-Marc Turine）

编剧：玛格丽特·杜拉斯

摄影：布鲁诺·努坦

音乐：卡洛斯·达莱西奥、米歇尔·维奥内

剪辑：弗朗索瓦丝·贝尔维尔

主演：皮埃尔·阿尔迪蒂（Pierre Arditi）、阿克塞尔·博戈斯拉夫斯基、马蒂娜·舍瓦利耶（Martine Chevallier）、安德烈·迪索利耶、达尼埃尔·热兰、塔蒂亚娜·穆赫辛（Tatiana Moukhine）

片长：90分钟。彩色片。

文学作品

小说与叙事作品

1943 《无耻之徒》（*Les Impudents*），布隆（Plon）出版社。

1944 《平静的生活》（*La Vie tranquille*），伽利玛（Gallimard）出版社。

1950 《抵挡太平洋的堤坝》（*Un barrage contre le Pacifique*），伽利玛出版社。

1952 《直布罗陀水手》（*Le Marin de Gibraltar*），伽利玛出版社。

1953 《塔尔奎尼亚的小马》（*Les Petits Chevaux de Tarquinia*），伽利玛出版社。

1954 《成天上树的日子》（*Des journées entières dans les arbres*），伽利玛出版社。

1955 《广场》（*Le Square*），伽利玛出版社。

1958 《琴声如诉》（*Moderato cantabile*），午夜出版社（Les éditions de Minuit）。

1960 《夏夜十点半钟》（*Dix heures et demie du soir en été*），伽利玛出版社。

1962 《昂代斯玛先生的午后》（*L'Après-midi de Monsieur Andesmas*），伽利玛出版社。

1964 《劳儿之劫》（*Le Ravissement de Lol V. Stein*），伽利玛出版社。

1966 《副领事》（*Le Vice-Consul*），伽利玛出版社。

1967 《英国情人》（*L'Amante anglaise*），伽利玛出版社。

1969 《毁灭，她说》（*Détruire, dit-elle*），午夜出版社。

1970 《阿巴恩，萨巴娜，大卫》（*Abahn Sabana David*），伽利玛出版社。

1971 《啊！埃内斯托》（*Ah! Ernesto*），哈林·奎斯特（Harlin Quist）/ 吕伊 - 维达尔（Ruy-Vidal）出版社。

1972 《爱》（*L'Amour*），伽利玛出版社。

1980 《薇拉·巴克斯特或大西洋海滩》（*Vera Baxter ou les Plages de l'Atlantique*），信天翁（Albatros）出版社。

1980 《坐在走廊里的男人》（*L'Homme assis dans le couloir*），午夜出版社。

1982 《大西洋人》（*L'Homme Atlantique*），午夜出版社。

1982 《死亡的疾病》（*La Maladie de la mort*），午夜出版社。

1984 《情人》（*L'Amant*），午夜出版社。

1985 《痛苦》（*La Douleur*），P.O.L. 出版社。

1986 《乌发碧眼》（*Les Yeux bleus, cheveux noirs*），午夜出版社。

1986 《诺曼底海滨的娼妓》（*La Pute de la côte normande*），午夜出版社。

1987 《埃米莉·L》（*Emily L.*），午夜出版社。

1990 《夏雨》（*La pluie d'été*），P.O.L. 出版社。

1991 《中国北方的情人》（*L'Amant de la Chine du Nord*），伽利玛出版社。

1992 《扬·安德烈亚·斯泰奈》（*Yann Andréa Steiner*），P.O.L. 出版社。

1993 《写作》（*Écrire*），伽利玛出版社。

文集

1980 《八〇年夏》（*L'Été 80*），午夜出版社。

1981 《外界》（*Outside*），阿尔班·米歇尔（Albin Michel）出版社。

1987 《物质生活》（*La Vie matérielle*），P.O.L. 出版社。

1987 《绿眼睛》（*Les Yeux verts*），电影手册（Cahiers du cinéma）出版社。

1995 《外面的世界》（*Le Monde extérieur*），P.O.L. 出版社。

1995 《这就是一切》（*C'est tout*），P.O.L. 出版社。

1996 《写作的海》（*La Mer écrite*），马瓦尔（Marval）出版社。

1999 《玛格丽特的厨房》（*La Cuisine de Marguerite*），伯努瓦·雅各布（Benoît Jacob）出版社。

2006 《战争笔记及其他文本》（*Cahiers de la guerre et autres textes*），P.O.L. 出版社和法国现代出版档案馆（IMEC）。

2010 《世界夜晚之美》（*La Beauté des nuits du monde*），文学半月刊（La Quinzaine littéraire）出版社。

戏剧

1959 《塞纳—瓦兹的高架桥》（*Les Viaducs de la Seine-et-Oise*），伽利玛出版社。

1963 《阿拉巴马的奇迹》（*Miracle en Alabama*），原作：威廉·吉布森（William Gibson），改编：玛格丽特·杜拉斯、热拉尔·雅洛（Gérard Jarlot），《前台（戏剧）》（*L'Avant-Scène théâtre*）杂志出版。

1965 《戏剧（一）》（*Théâtre I*）：《水与森林》（*Les Eaux et Forêts*）—《广场》（*Le Square*）—《音乐（一）》（*La Musica*），伽利玛出版社。

1968 《英国情人》（*L'Amante anglaise*），伽利玛出版社。

1968 《戏剧（二）》（*Théâtre II*）:《苏珊娜·安德莱尔》（*Suzanna Andler*）—《成天上树的日子》（*Des journées entières dans les arbres*）—《是的，也许》（*Yes, peut-être*）—《萨加王国》（*Le Shaga*）—《一个男人来看我》（*Un homme est venu me voir*），伽利玛出版社。

1973 《印度之歌》（*India Song*），伽利玛出版社。

1977 《伊甸园影院》（*L'Éden Cinéma*），法国水星（*Mercure de France*）出版社。

1981 《阿加塔》（*Agatha*），午夜出版社。

1982 《萨瓦纳湾》（*Savannah Bay*），午夜出版社。

1983 《萨瓦纳湾》（*Savannah Bay*）（增补版），午夜出版社。

1984 《戏剧（三）》（*Théâtre III*）:《丛林野兽》（*La Bête dans la jungle*）〔原作:亨利·詹姆斯（Henry James），改编:詹姆斯·洛德（James Lord）、玛格丽特·杜拉斯〕—《阿斯本文稿》（*Les Papiers d'Aspern*）〔原作:亨利·詹姆斯，改编:玛格丽特·杜拉斯、罗贝尔·安泰尔姆（Robert Antelme）〕—《死亡之舞》（*La Danse de mort*）〔原作:奥古斯特·斯特林堡（August Strindberg），改编:玛格丽特·杜拉斯〕，伽利玛出版社。

1985 《音乐（二）》（*La Musica deuxième*），伽利玛出版社。

1991 《英国情人戏剧版》（*Le Théâtre de l'amante anglaise*），伽利玛出版社。

1999 《戏剧（四）》（*Théâtre IV*）:《薇拉·巴克斯特》（*Vera Baxter*）—《伊甸园影院》（*L'Éden Cinéma*）—《英国情人戏剧版》（*Le Théâtre de l'amante anglaise*）—《家》（*Home*）—《海鸥》（*La Mouette*）。

访谈

1974 《谈话者》（*Les Parleuses*），玛格丽特·杜拉斯和格扎维埃尔·戈蒂埃（Xavière Gauthier），午夜出版社。

1977 《玛格丽特·杜拉斯的领地》（*Les Lieux de Marguerite Duras*），玛格丽特·杜拉斯和米歇尔·波特（Michelle Porte），午夜出版社。

1999 《电视轶事》（*Dits à la télévision*），玛格丽特·杜拉斯和皮埃尔·迪马耶（Pierre Dumayet），EPEL 出版社，"Atelier" 系列丛书。

2001 《词语的色彩》（La Couleur des mots），玛格丽特·杜拉斯和多米尼克·诺盖（Dominique Noguez），伯努瓦·雅各布出版社。

2006 《杜班街邮局和其他访谈》（Le Bureau de poste de la rue Dupin et autres entretiens），玛格丽特·杜拉斯和弗朗索瓦·密特朗（François Mitterrand），伽利玛出版社。

2012 《我无法完成〈劳儿之劫〉后仍欲罢还休》（On ne peut pas avoir écrit Lol V. Stein et désirer être encore à l'écrire），玛格丽特·杜拉斯和让-皮埃尔·瑟东，布兰（Bourin）出版社。

2013 《悬而未绝的激情》（La Passion suspendue），玛格丽特·杜拉斯和奥伯狄娜·帕罗塔·德拉·托雷（Leopoldina Pallotta della Torre），瑟耶（Seuil）出版社。

全集

1997 《1943—1993 之旅：小说、电影、戏剧》（Romans, cinéma, théâtre. Un parcours 1943—1993），伽利玛出版社，"Quarto"系列丛书。

2011 《杜拉斯全集：卷一和卷二》（Œuvres complètes, tomes I et II），伽利玛出版社，"七星文库"（Bibliothèque de la Pléiade）系列丛书。

2013 《杜拉斯全集：卷三和卷四》（Œuvres complètes, tomes III et IV），伽利玛出版社，"七星文库"系列丛书。

出版剧本

1960 《广岛之恋》（Hiroshima mon amour），伽利玛出版社。

1961 《长别离》（Une aussi longue absence），与热拉尔·雅洛合著，伽利玛出版社。

1965 《音乐》（La Musica），伽利玛出版社。

1973 《纳塔丽·格朗热》（Nathalie Granger），《恒河女子》（La Femme du Gange），伽利玛出版社。

1973 《印度之歌》（India Song），伽利玛出版社。

1977 《卡车》（Le Camion），与米歇尔·波特的访谈，午夜出版社。

1979 《黑夜号轮船》（Le Navire Night）、《塞扎蕾》（Césarée）、《否决之手》（Les Mains négatives）、《奥蕾莉娅·斯坦纳》（Aurélia Steiner），法国水星出版社。

参与合作

1959 《广岛之恋》（*Hiroshima mon amour*），导演：阿兰·雷乃（Alain Resnais），编剧、台词撰写：玛格丽特·杜拉斯。

1960 《琴声如诉》（*Moderato cantabile*），导演：彼得·布鲁克，编剧：玛格丽特·杜拉斯。

1960 《长别离》（*Une aussi longue absence*），导演：亨利·科尔皮（Henri Colpi），编剧、台词撰写：玛格丽特·杜拉斯。

1963 《航线》（*L'Itinéraire marin*），导演：让·罗兰（Jean Rollin），台词撰写：玛格丽特·杜拉斯。

1964 《黑夜，加尔各答》（*Nuit noire, Calcutta*），导演：马兰·卡尔米茨（Marin Karmitz），编剧：玛格丽特·杜拉斯。

1966 《小偷》（*La Voleuse*），导演：让·沙波（Jean Chapot），台词撰写：玛格丽特·杜拉斯。

1966 《家庭教师》（*Mademoiselle*），导演：托尼·理查森（Tony Richardson），编剧：玛格丽特·杜拉斯、让·热内（Jean Genet）。

1966 《白色的帷幕》（*Les Rideaux blancs*），导演：乔治·弗朗叙（Georges Franju），多段式电影法国片段"平静时刻"（*Un moment de paix*）的编剧、台词撰写：玛格丽特·杜拉斯。

1973 《摩根知道的事》（*Ce que savait Morgan*），导演：吕克·贝罗（Luc Béraud），改编自亨利·詹姆斯短篇小说《小学生》（*The Pupil*），电视连续剧《亨利·詹姆斯短篇小说》（*Nouvelles*）片段。

1979 《各自逃（生）》[*Sauve qui peut (la vie)*]，导演：让-吕克·戈达尔，杜拉斯配音，未出现在字幕中。

1988 《丛林野兽》（*La Bête dans la jungle*），导演：伯努瓦·雅科（Benoît Jacquot），改编自亨利·詹姆斯短篇小说。

电视

1964《无奇迹》(*Sans merveille*),导演:米歇尔·米特拉尼(Michel Mitrani),剧本:玛格丽特·杜拉斯、热拉尔·雅洛。

1965—1968 为《叮当咚》(*Dim Dam Dom*)杂志进行的 8 个采访(监狱长、动物园看守、脱衣舞女郎等)。

译后记

《绿眼睛》无疑是杜拉斯作品"经典化"进程中最易被遗忘的小书。与钟情严肃文学的伽利玛出版社和热衷实验文学的午夜出版社不同，推出《绿眼睛》的《电影手册》编辑部本身就隐含着解读该作品的重要信息。对世界电影有着特殊贡献的《电影手册》不是传统意义上的大众影视读物，而是一本在艺术、审美、政治、思想等层面均有着一以贯之且极为个性化的精神传统的小众杂志。自巴赞以来，《电影手册》所代表的直面现实、对社会有所承担的介入立场，还有强调原创与探索、拒绝僵化与停滞的美学追求，都与杜拉斯的电影不谋而合。更确切地说，杜拉斯的电影是《电影手册》所推崇的、在电影实践领域具有颠覆性影响的典型。

但《绿眼睛》并没有止步于电影，它是杜拉斯电影与写作之间的过渡空间与黑暗地带，是写作"谋杀"电影的凶案现场。这也解释了它在理解杜拉斯作品中不可化约的重要性。首先，从某种程度上讲，《绿眼睛》重塑了杜拉斯电影实践的轨迹：从电影剧本的撰写到手执导筒的经历，从处女作《音乐》到收官作《孩子们》，尤其是那些以《奥蕾莉娅·斯坦纳》系列为代表的备受争议的短片。她抱怨预算的捉襟见肘和制片商的百般刁难，嘲讽影评人的短视和漠然，但却毫不掩饰对某些能在她心中激起共鸣的另类电影人的推崇和热爱。这条跨越了将近 20 个年头的探索轨迹遵循着特立独行的演进逻辑：逐渐向某种电影的零度表达靠拢，某种寻回了默片时代残余"灵光"的"有声"电影。从早期电影中的声画异步与分离，到主导《大西洋人》的黑屏，杜拉斯逐步消解了过于"饱和"的画面和叙事，旨在呈现另一种需要去聆听、去阅读、去体验、去想象的电影。杜拉斯或许是唯一一个在

《世界报》上刊文奉劝观众别去看自己电影的电影人，她以一种近乎挑衅的方式强制要求观众无条件、浸入式地参与电影的（再）创作。

然而，这种极端的探索最终将杜拉斯重新——甚至更猛烈地——推向了写作。在《绿眼睛》中，杜拉斯很好地诠释了写作与电影之间势不两立的态势："对我而言，电影的成功根植于写作的溃败。电影最主要的且具有决定性的魅力，就在于它对写作的屠杀""我拍电影是为了获取毁灭文本的创造性经验"……杜拉斯的电影在不断更新文本"阅读"体验的同时，也触及了电影媒介本体论意义上的局限："声"与"画"之间无法避免的共存。杜拉斯幻想中的"理想图像——那声称谋杀了电影的图像"，不过是《大西洋人》中"黑色胶片"的影像。她最终站在了作家的立场上，指出电影实践的即时性、当下性，同时重申了写作实践的超验性。她曾多次坦言："从写作过渡到画面时，某种程度上就抛弃了布勒东所说某样东西或某种表达的'几千种可能性'。"电影虽然激活了文本，但也将其禁锢在有限的表达中；而写作，尤其是对杜拉斯影响笃深的布朗肖意义上的写作，是劫后重生："当一切都终结时，在奄奄一息的灰色地球上，书写仍将无处不在。它在空气中，在大海上。"

某种意义上而言，《绿眼睛》不失为一部微小的私人文学史，杜拉斯的读者们可以毫不费力地找到杜拉斯自撰作品中的所有常数：暗藏在系列照片中的童年叙事，作为《痛苦》系列之缘起的战争笔记，作为流浪象征的犹太喻象，从安娜·玛丽·斯特雷特、劳儿·瓦·施泰因到奥蕾莉娅·斯坦纳等无数俄罗斯套娃般的层叠女性影像，还有使写作与电影无缝结合的、被誉为《玛格丽特·杜拉斯的领地》的"激情场域"……当然，还有"外面的世界"，例如对边缘群体的持续关注，又如带着鲜明杜氏印迹的"主观"新闻逸事。或许我们应该对这些看似不经意的时事报道进行更为文学化的解读：在《羚羊》中看到神谕，看到对神秘的皈依； 在《蒙特勒伊走钢索的年轻人》中看到始终置身于试验和危险之中的姿态……

在杜拉斯全集关于《绿眼睛》的注脚中，罗贝尔·阿尔韦（Robert Harvey）提到这本书命名的缘由时，曾指涉杜拉斯部分小说中女主人公眼睛的颜色，甚至还包括杜拉斯的母亲。而借用杜拉斯本人的话，她希望"假借少女绿色的眼睛来看世界的尽头"。显然，"眼睛"在此既是媒介，也是镜头，是组织纷杂碎片的主线。书中十几幅配图都是非直视镜头的女性形象，杜拉斯试图在《绿眼睛》中建构一个以观看游戏为基础的互动空间，要求看书的读者也具有一双通灵的慧眼，在交错的视线中探寻深藏的真相，关于电影，关于写作，关于世界，关于自我。

看似芜杂的《绿眼睛》始终遵循着塞尔日·达内在说明中所提到的"作者逻辑"——"恪守作者授意的排版"，文与图的结合俨然是跃然于纸上的作家电影。译者在翻译过程中还最大限度地保留了杜拉斯的文本印迹，从语序到标点，从句法到刻意或无意的重复，只为再现作者力透纸背的强力在场，或者更确切地说，再现某种只属于玛格丽特·杜拉斯的作者政治。

陆一琛

2020 年 7 月

作者简介

玛格丽特·杜拉斯（1914—1996），法国著名小说家、剧作家、电影导演。本名玛格丽特·多纳迪厄（Marguerite Donnadieu），出生于法属印度支那，18岁后回法国定居。小说代表作有《情人》《琴声如诉》《劳儿之劫》《毁灭，她说》等，其中《情人》获得1984年的龚古尔文学奖。作为法国重要电影流派"左岸派"的成员，杜拉斯在电影方面同样成就卓著，编剧作品有《广岛之恋》《长别离》等名作，且从1966年起亲自担任导演，一生执导过19部影片，如《印度之歌》《奥蕾莉娅·斯坦纳》《孩子们》等，作品屡获国际大奖。

译者简介

陆一琛，北京大学法语语言与文学专业博士，巴黎四大－索邦大学文学博士，苏州大学法文系讲师，研究方向是法国文学与视觉艺术。

© 民主与建设出版社，2021

图书在版编目（CIP）数据

绿眼睛 : 杜拉斯与电影 / （法）玛格丽特·杜拉斯
(Marguerite Duras) 著 ; 陆一琛译 . -- 北京 : 民主与建设
出版社 , 2021.1 （2021.4 重印）
ISBN 978-7-5139-3251-6

Ⅰ . ①绿… Ⅱ . ①玛… ②陆… Ⅲ . ①随笔—作品集
—法国—现代 Ⅳ . ① I565.65

中国版本图书馆 CIP 数据核字 (2020) 第 201228 号

Original title: "Marguerite Duras et le cinéma: les yeux verts" © Cahiers du Cinéma 2014
This Edition published by Ginkgo (Beijing) Book Co. Ltd. under licence from Cahiers du Cinema SARL.
Simplified Chinese edition arranged through Dakai – L'agence.
All rights reserved. No part of this publication may be reproduced, stored in a retrieval system or transmitted,
in any form or by any means, electronic, mechanical, photocopying, recording or otherwise, without the prior
permission of Cahiers du Cinema.

简体中文版由银杏树下（北京）图书有限责任公司出版。

版权登记号 :01-2020-7018

绿眼睛 : 杜拉斯与电影
LÜYANJING: DULASI YU DIANYING

著　　者	［法］玛格丽特·杜拉斯		
译　　者	陆一琛		
出版统筹	吴兴元	责任编辑	王　颂
特约编辑	刘　坤	编辑统筹	梁　媛
封面设计	蔡佳豪	装帧制造	墨白空间
营销推广	ONEBOOK		
出版发行	民主与建设出版社有限责任公司		
电　　话	（010）59417747 59419778		
社　　址	北京市海淀区西三环中路 10 号望海楼 E 座 7 层		
邮　　编	100142		
印　　刷	天津创先河普业印刷有限公司		
版　　次	2021 年 1 月第 1 版		
印　　次	2021 年 4 月第 2 次印刷		
开　　本	889 毫米 ×690 毫米　1/12		
印　　张	19		
字　　数	164 千字		
书　　号	ISBN 978-7-5139-3251-6		
定　　价	111.00 元		

注 : 如有印、装质量问题，请与出版社联系。